읽는 것만으로도 힘이 되는 이야기

힐링 스토리

YOMUDAKEDE「JINSEI GA UMAKUIKU」48 NO MONOGATARI

©TOSHIMI NAKAI 2011

Originally published in Janpan in 2011 by SEIBIDO SHUPPAN CO., LTD., TOKYO,

Korean translation rights arranged with SEIBIDO SHUPPAN CO., LTD., TOKYO,

through TOHAN CORPORATION, TOKYO, and EntersKorea Co., Ltd., SEOUL.

Korean translation copyright©2013 by NAMUHANGURU

이 도서의 국립중앙도서관 출판시도서목록(CIP)은

서지정보유통지원시스템 홈페이지(http://seoji.nl.go.kr)와

국가자료공동목록시스템(http://www.nl.go.kr/kolisnet)에서 이용하실 수 있습니다.

(CIP제어번호: CIP2013002462)

읽는 것만으로도 힘이 되는 이야기

힐링 스토리

나카이 토시미 지음 | 최윤영 옮김

나무한그루

당신이 행복한 인생을 살 수 있기를…

이야기가 사람들에게 힘과 용기, 그리고 희망을 줄 수 있다고 느끼게 된 것은 제가 초등학교와 중학교에서 아이들을 가르칠 때였습니다.

실패에 좌절하지 않고 노력하여 꿈을 이룬 위인이나 유명 스포츠선수들의 이야기들은 아이들에게 용기와 힘을 북돋아주었습니다. 또한 그런 에피소드가 소개된 책이나 사람들에게 들은 이야기는 제게도 굉장히 큰 힘이 되었습니다.

약 30년간 모아 온 에피소드를 바탕으로 매주 2회 발행하고 있는 메일 매거진 〈마음의 양식 – 반드시 좋아지는 좋은 말!〉도 올해로 8년째를 맞이하고 있습니다. 세상의 많은 위인과 유명인의 명언을 인용하며 그 말과 함께 관련된 이야기들을 소개해 왔습니다.

그 모든 이야기들은 제 자신에게 큰 깨달음을 주었습니다. 그래서 제 자신에게 힘이 되고 깨달음을 준 이야기라면 분명 다른 사람들에게도 도움이 될 것이라고 생각했고, 독자 한 사람 한 사람의 마음에 전해져서 여러분 자신의 꿈과 목표를 향해 오늘도 힘차게 앞으로 걸어나갈 수 있기를 바라는 마음으로 글을 써 왔습니다.

그 시간 동안 한 번도 뵌 적 없는 많은 사람들로부터 고마운 메일과 편지를 받았습니다.

그 중 몇 분의 글들을 소개합니다.

매회 발신 메일을 잘 받아보고 있습니다. 정말 마음이 따뜻해지는 이야기들로 힘들 때마다 큰 위안이 됩니다. 언제나 용기와 힘을 주는, 말 그대로 〈마음의 양식〉이 되었습니다.   -R

메일 매거진을 읽고 여러 번 마음의 갈등을 덜 수 있었습니다. 지금은 중학교 수업에서도 활용하고 있습니다. 프린트로 인쇄하여 도덕시간이나 가정생활 시간에 아이들에게 들려주고 있습니다. -AN

메일 매거진에 나오는 말을 수첩에 적어 두는 일이 요즘 저의 일과가 되어버렸습니다.^^ 전직활동으로 불안하거나 익숙하지 않은 일 때문에 우울할 때, 가족이 아플 때나 사소한 일로 남편과 싸웠을 때 이 수첩을 열어 글을 읽으면 위안이 됩니다. 나카이 작가님께 감사드립니다. -타카타

저는 어린 시절부터 가족의 불화로 힘들어하다가 결국 마음에 큰 상처를 입어 병원에 입원하게 되었습니다. 몇 번이나 자살을 생각했을 정도로 힘들었습니다.

현재 아직도 요양 중이지만, 나카이 작가님의 메일 매거진을 읽고 많은 도움이 되었습니다.

말이 가지고 있는 힘이 저처럼 비참한 가정생활을 보내고 있는 사람들에게 헤아릴 수 없을 정도로 엄청난 영향을 미친다는 것을 뼈저리게 느끼게 해줬습니다.

　가령 절망의 늪에 빠져있다고 해도 단 한 사람의 아낌없는 한마디 한 마디가 하루하루 마음의 양식이 되어 살아가는 힘이 되는 것입니다. 그리고 그 말들은 언제나 마음속에 남아서 인간을 성장시킵니다. 정말로 감사합니다.　－H

　지난 달 말에 친했던 친구를 병으로 잃고 1개월 동안 메울 수 없는 상실감에 힘들었습니다.

　'이대로는 안 돼.'라고 생각하면서도 좀처럼 다시 일어서지 못했습니다. 그러다가 어제 우연히 카네기의 《길은 열린다》의 제1장에 있는 '오늘 하루라는 테두리 안에서 열심히 살아가라'를 읽는 동안 이상하게도 마음이 가벼워지고 한 줄기 빛을 찾아낸 것 같은 느낌이 들었습니다.

그리고 오늘 아침 읽은 나카이 작가님의 메일 매거진에 어제 인상에 남았던 그 문장이 소개되어 있어서 놀람과 동시에 인지(人知)를 넘은 무언가를 느끼게 되었습니다. '오늘 하루라는 테두리 안에서 열심히 살아가라' 라는 말을 재기의 말로 삼아 앞으로 열심히 걸어 나가겠다고 다짐했습니다.

　　정말 고맙습니다. 앞으로도 따뜻한 메시지 부탁드립니다.

　　　　　　　　　　　　　　　　　　　　　　　　-Kubota

　　이 책은 지금까지 발행해오고 있는 메일 매거진 〈마음의 양식〉에 소개한 이야기들 중 엄선한 이야기들을 새롭게 정리하고 더한 것입니다.

　　부디 이 책이 여러분의 마음에 울려 퍼지고, 이 이야기들이 여러분의 마음속에 남아 밝고 행복한 미래를 열어 가는 양식이 되기를 바랍니다.

　그런 바람으로 이 책을 전하고자합니다.

　순서대로 읽지 않으셔도 됩니다.

　목차를 보시고 여러분이 보고 싶은 이야기부터 읽어 보세요.

목차

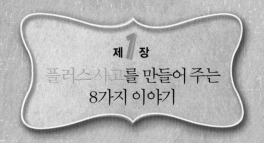

제 **1** 장
플러스 사고를 만들어 주는
8가지 이야기

제**2**장
꿈을 이루어 주는
8가지 이야기

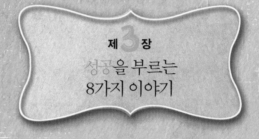

제 3 장
성공을 부르는
8가지 이야기

제 4 장
역경을 이겨내는
8가지 이야기

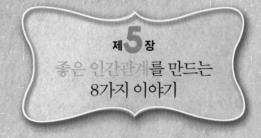

제5장
좋은 인간관계를 만드는
8가지 이야기

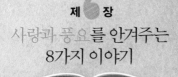

제**6**장
사랑과 풍요를 안겨주는
8가지 이야기

제1장 ─────────

플러스 사고를 만들어 주는
8가지 이야기

관점을
바꾸면 희망이 보인다

어느 병원에서 일어난 이야기

병원에 근무하고 있는 사람에게서 들은
감동적이고 따뜻한 이야기입니다.
세상을 바라보는 관점이나 마음가짐을 바꾸는 데 도움이 될 것입니다.

한 환자가 병실의 창가 쪽 침대에 누워 있었습니다.

어느 날 그 병실에 새로운 환자가 들어왔습니다. 그 환자
는 목도 제대로 움직이지 못해 누워서 천장만 바라봐야 하
는 남자 환자였습니다.

시간이 지나면서 두 환자는 서로 친해졌고, 창가의 환자
는 창문 밖을 바라보며 창밖 풍경에 대한 이야기를 들려주
기 시작했습니다.

"오늘은 날씨가 좋아요. 파란 하늘에는 구름이 두둥실 떠 있어요. 맞은편에 있는 공원에는 벚꽃이 피기 시작했어요."

또 다른 날에는,

"오늘은 강한 바람 때문에 나뭇잎들이 마치 춤을 추듯 흔들리고 있어요."

이렇듯 몸을 움직이지 못하고 누워만 있는 남자에게 바깥세상 이야기를 들려주었습니다.

그는 창가의 남자가 말해주는 그 광경을 상상하는 것만으로도 매일 큰 위안을 얻을 수 있었습니다. 그리고 자신도 창문 밖 풍경을 직접 볼 수 있도록 빨리 병을 이겨내겠다고 생각했습니다.

얼마 후, 창가의 남자가 퇴원을 하게 되었습니다. 남아 있던 환자는 기뻤습니다.

'다행이다. 이제 내가 바깥세상을 볼 수 있겠구나. 이제부터는 내가 바깥세상을 보고 새로 들어오는 환자에게 이야기를 들려주어야지.'

그는 간호사에게 창가로 자리를 옮겨 달라고 부탁하였고

간호사는 곧 침대를 옮겨 주었습니다.

그런데 들뜬 마음으로 창밖을 바라보던 남자는 깜짝 놀랐습니다. 병실 창문이 맞은 편 건물의 콘크리트 벽에 가로막혀 있었습니다. 창문 너머엔 콘크리트 벽 외에 아무것도 보이지 않았던 것입니다.

'창가에 있던 남자는 도대체 무엇을 보고 있었던 것일까?'

창가에 있던 남자의 눈에도 분명 잿빛 콘크리트 벽밖에 보이지 않았습니다. 하지만 그는 상상의 힘으로 그 너머에 있는 것을 보려고 했던 것입니다. 늘 천장만 쳐다보며 힘들어하던 룸메이트를 위해 자신의 상상으로 그려낸 벽 너머의 세계를 들려준 것입니다.

Healing & Therapy

같은 벽을 보고도 어떤 사람은 그 벽만을 봅니다. 하지만 어떤 사람은 그 너머에 있는 '희망'을 봅니다.

이렇듯 같은 상황이라도 보는 관점에 따라 보이는 것이 달라집니다.

힘들고 곤란한 상황에 처해지면 누구나 세상의 어두운 면만 보게 되는 경우가 많습니다. 하지만 조금 더 긍정적이고, 조금만 더 적극적인 관점을 가진다면 분명 밝은 모습을 볼 수 있을 것입니다.

그렇게 보게 된 밝은 모습과 희망을 주위 사람들에게 들려준다면 우울하고 실의에 빠져 있는 사람들에게 큰 용기를 줄 수 있을 것입니다.

"태양은 언제나 구름 위에서 빛나고 있다."

_ 미우라 아야코

벽 너머에도 구름 위에도 빛은 빛나고 있습니다.

어두운 밤의 끝에는 밝은 아침이 기다리고 있습니다.

희망은 언제나 당신 곁에 있습니다.

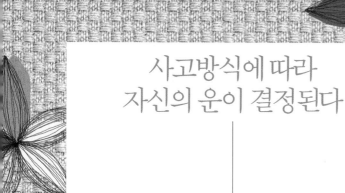

사고방식에 따라
자신의 운이 결정된다

마쓰시타 고노스케 이야기

아무리 힘들고 곤란한 상황에 처해 있더라도
긍정적이고 적극적인 마인드로 열심히 살아가는 사람은
점차 자신의 길을 개척해 나갈 수 있습니다.
'경영의 신' 이라 불리는 마쓰시타 고노스케의 이야기입니다.

마쓰시타 고노스케는 어린 시절, 아버지의 사업 실패로 모든 재산을 잃고 열 명이나 되는 가족이 고향인 와카야마를 떠나 뿔뿔이 흩어져야만 했습니다.

그에게는 돌아갈 집도 없었고, 학교도 초등학교 4학년 때 중퇴한 바람에 내세울만한 학력도 없었습니다. 몸도 어린 시절부터 병을 달고 살 정도로 허약했습니다.

가족은 대부분 결핵으로 죽었습니다. 그래서 20세가 되던 해에 결핵의 일종인 폐첨카타르를 앓았을 때 그는 '드디어 내 차례인가?' 라고 생각했다고 합니다.

이처럼 아무것도 가진 것 없던 마쓰시타 고노스케는 고작 3명으로 시작한 영세기업을 50년 만에 직원 10만 명의 세계적인 기업으로 일궈냈습니다. 그 성공 비밀의 하나가 바로 마쓰시타의 긍정적 사고입니다.

"마쓰시타 씨는 어떻게 성공할 수 있었습니까?"
사람들의 질문에 그는 이렇게 대답합니다.
"운이 좋았기 때문입니다."

그는 자신에게 닥친 고난과 시련을 결코 운이 나빴기 때문이라고 생각하지 않았습니다.

"어린 시절부터 가난하고 힘들고 고통스러웠던 경험이 있었기 때문에 모두가 풍족하게 사는 것을 목표로 삼았고, 사람들을 물심양면으로 도우며 노력한 결과 성공할 수 있었습니다.

그리고 배움이 짧아 아는 것이 없었기 때문에 다른 사람들의 이야기에 더 귀를 기울이고 여러 사람들의 지식을 모아서 성공할 수 있었습니다. 또 제 몸이 병약했기 때문에 여러 사람들의 도움을 받아서 성공할 수 있었습니다."

그에게 닥쳐왔던 모든 고통들을 "나는 운이 억세게 좋다." "이것들은 분명 모두 나에게 도움이 될 것이다."라고 긍정적으로 해석해왔던 것입니다.

Healing & Therapy

마쓰시타 고노스케는 신입사원 면접 때마다 지원자들에게 이런 질문을 했다고 합니다.

"당신은 운이 좋은 사람입니까? 운이 나쁜 사람입니까?"

그리고는 이렇게 대답한 사람을 채용했다고 합니다.

"네, 저는 운이 좋습니다."

자신이 운이 좋다고 생각하는 사람은 어떤 일이나 상황에 처해 있어도 부정적인 면을 보기보다는 오히려 긍정적인 면을 보고 생각할 수 있습니다. 따라서 일이나 상황을 긍정적으로

생각하고 적극적으로 행동하여 잘 해나가게 됩니다. 또한 그
모든 것이 자신의 실력보다도 주변 사람들 덕분이라는 감사
의 마음을 절대로 잊지 않는다고 합니다.
이런 사람이라면 누구라도 함께 일하고 싶어 할 것입니다.

"성공은 자신의 노력이 아닌 운 덕분입니다."

_마쓰시타 고노스케

위기는 기회다

떨어진 사과와 떨어지지 않은 사과

사물의 관점이나 사고방식에 의해 인생의
마이너스 상황이 플러스로 호전된 실화를 소개합니다.

어느 해, 태풍으로 아오모리 현의 사과 90%가 떨어져버렸
습니다.

대부분의 농민들은 떨어진 사과를 보고 탄식하며 슬퍼했
습니다. 하지만 그 와중에 슬퍼하지 않는 한 사람이 있었습
니다. 다른 사람들이 떨어진 사과를 보며 탄식만 하고 있을
때, 그 사람은 떨어지지 않은 사과에 눈을 돌렸습니다.

그리고 떨어지지 않은 사과에 '떨어지는 않는 사과' 라는

이름을 붙여 1개당 만 원이나 되는 높은 가격으로 팔기 시작
했습니다.

"태풍이 불어닥쳐도 절대 떨어지지 않았던 행운
의 사과입니다."

그 결과는 놀라웠습니다. 일반 사과의 10배에 달하는 값
비싼 사과였지만 수험생과 그 부모들에게 날개 돋친 듯 팔
렸던 것입니다.

미국에서도 이와 비슷한 이야기가 있습니다.

어느 해, 사과 농가가 밀집해 있는 미네소타 주에 우박이
떨어졌습니다. 탁구공만한 크기의 우박이 농가와 농장을 덮
치면서 그 피해 또한 엄청났습니다. 우박에 직격탄을 맞은
사과는 땅에 떨어졌고, 표면에 검은 상처가 나서 더 이상 상
품으로 팔 수 없게 되었습니다.

역시 대부분의 농민들은 떨어진 사과를 보고 탄식하며 슬
퍼했습니다. 하지만 그 중에 슬퍼하지 않는 한 사람이 있었
습니다. 그 사람은 손으로 직접 다음과 같은 글을 써서 간판
을 세웠습니다.

'자연의 은혜를 받은 사과입니다!

이 사과는 수십 년만의 우박을 맞은 귀한 사과입니다. 덕분에 단맛이 증가했습니다. 우박을 맞은 증거는 표면의 검은 반점입니다.'

그 결과 겉보기에는 안 좋은 사과였지만 날개 돋친 듯 팔렸습니다.

두 이야기는 모두 같은 메시지를 전하고 있습니다.

마이너스의 상황에 직면했어도 슬퍼하기만 한다고 해서 일이 해결되지는 않습니다. 작은 발상의 전환이 마이너스의 상황을 플러스의 결과로 바꿀 수 있습니다.

주어진 상황은 똑같지만 사물을 보는 관점이나 사고방식을 바꾸는 것만으로 위기를 새로운 기회로 만들 수 있는 것입니다.

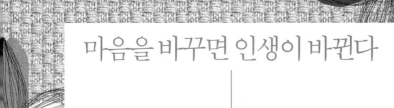

마음을 바꾸면 인생이 바뀐다

연극 〈진흙투성이〉 이야기

일본에 〈진흙투성이〉라는 유명한 연극이 있습니다.
1952년 첫 공연 이래 일본에서 1만 5천 회 이상 상연되고 있는
마야마 미호의 명 연출작으로
어린이부터 어른까지 모두 즐길 수 있는 연극입니다.
지금부터 그 연극의 그 줄거리를 소개합니다.

옛날 어느 마을에 얼굴이 못생긴 소녀가 있었습니다.
집도 없는 고아로 숲 속에 몰래 숨어 지내거나 다리 밑에
서 잠을 잤습니다. 얼굴은 시꺼멓고 머리 꼴도 지저분하고
옷도 너덜너덜하며 몸은 온통 진흙투성이였습니다. 소녀는
그런 추한 모습 때문에 마을 사람들에게 '진흙투성이' 라고

놀림을 받았습니다.

동네 아이들은 소녀가 나타나면 돌을 던지고 침을 뱉었습니다. 소녀의 마음은 점점 황폐해졌고 얼굴 또한 점점 더 추해져만 갔습니다.

그러던 어느 날이었습니다. 진흙투성이가 평소처럼 동네 아이들과 싸우고 있는데 어떤 떠돌이 아저씨가 마침 그곳을 지나갔습니다. 슬픔에 풀이 죽어 있는 진흙투성이를 본 아저씨는 진흙투성이를 위로해주었습니다. 그러자 진흙투성이가 중얼거렸습니다.

"예뻐지고 싶어."

그리고는 아저씨에게 그 방법을 물었습니다. 아저씨는 세 가지의 방법을 가르쳐주었습니다.

"첫 번째는 자신의 얼굴을 부끄러워하지 말 것, 두 번째는 어떤 상황에서도 활짝 웃을 것, 그리고 마지막 세 번째는 다른 사람의 입장이 되어 생각할 것."

진흙투성이는 놀랐습니다. 아저씨가 가르쳐준 세 가지 방법들은 지금까지 자신이 살아온 것과는 완전히 정반대의 생활방식이었기 때문입니다.

"이 세 가지를 지킨다면 넌 이 마을에서 제일 아름다운 미인이 될 거야."

진흙투성이는 아저씨의 말을 믿고서 아저씨가 알려준 대로 그 방법을 실천하기 시작했습니다. 하지만 갑자기 태도가 변한 진흙투성이를 본 마을 사람들은 이상하다고 생각했는지 더욱 비웃고 헐뜯었습니다. 게다가 강물에 비친 자신의 얼굴은 조금도 아름다워지지 않았습니다.

진흙투성이가 절망감에 빠져 있을 때 사건이 일어났습니다.

"무서워-!"

마을에서 제일 가는 미인이자 촌장의 딸인 코즈에가 무슨 일인지 소리치며 이리저리 도망다니고 있었습니다. 코즈에는 평소 진흙투성이를 싫어하고 괴롭히던 사람 중 한 명이었습니다. 그나저나 분명 무슨 사정이 있는 게 틀림없었습니다.

아니나다를까 코즈에의 뒤에서 아빠인 촌장이 회초리를 들고 쫓아오고 있었습니다.

촌장은 코즈에가 자신이 아끼던 그릇을 깬 것 때문에 화가 머리끝까지 나 있었습니다.

화를 내는 아빠가 무서웠던 코즈에는 엉겁결에 진흙투성이에게 죄를 뒤집어씌우고 말았습니다.

촌장은 딸의 말을 곧이곧대로 믿고 진흙투성이를 발견하자마자 가차 없이 회초리를 휘두르며 혼을 내기 시작했습니다.

진흙투성이는 억울했지만 참았습니다. 촌장이 회초리로 때리며 심한 말을 퍼부어도 진흙투성이는 떠돌이 아저씨가 했던 말을 생각하면서 촌장이 매질을 그만둘 때까지 참았습니다.

시간이 흘러도 진흙투성이의 얼굴은 조금도 예뻐지지 않았습니다. 어느 날 절망감과 분노로 가득 찬 진흙투성이가 혼자서 울고 있을 때, 진흙투성이를 부르는 코즈에의 목소리가 들렸습니다.

"미안해."

코즈에는 자신이 제일 소중히 여기던 빗을 건넸습니다. 진흙투성이는 예쁜 빗에 마음이 끌렸지만 자신의 곱슬곱슬 엉겨붙은 머리를 떠올리고는 '역시 나에게는 어울리지 않아'라고 생각하며 받기를 주저했습니다. 코즈에는 그런 진흙투성이에게 다가와 머리에 붙어 있는 진흙을 털어내고 머리카락을 빗겨준 후 머리에 꽃을 꽂아주었습니다.

그렇게 두 사람 사이에 우정이 싹트기 시작했습니다.

하루는 그 마을에 병든 아내를 위해 약초를 찾으러 다니는 남자가 나타났습니다. 하지만 그가 찾는 약초는 높은 바위산의 깎아지른 듯한 벼랑 끝에 자라고 있었습니다. 남자는 그 사실을 알아내고는 실망과 좌절에 빠지고 말았습니다. 그때 진흙투성이가 나타났습니다.

"아저씨, 그 약초 제가 찾아올게요."

진흙투성이는 그렇게 말하고 달리기 시작했습니다.

잠시 후, 온 몸이 상처투성이가 된 채 약초를 손에 꼭 쥐고 달려오는 진흙투성이의 모습이 보였습니다. 남자는 고마움에 감격의 눈물을 흘렸습니다. 그 모습을 본 진흙투성이의 마음에도 기쁨이 솟아났습니다.

그때부터입니다.

진흙투성이는 마을 사람들을 위해 자신이 할 수 있는 일들을 계속 생각해내고 실행에 옮겼습니다. 산에 들어가 나무를 주워 오거나 아이가 울고 있으면 달래주고 아이를 돌봐주며 사람들이 싫어하는 일도 싱글벙글 웃으며 차례차례 해 나갔습니다. 마을 사람들은 매우 기뻐했으며 진흙투성이도 행복해졌습니다.

어느 새 진흙투성이의 마음은 따뜻해졌고 그토록 추했던 표정도 사라졌습니다. 마을 사람들을 위해서 수고를 마다하지 않고 일하는 진흙투성이는 이제 마을 사람들에게 없어서는 안 될 존재가 되었습니다.

그러던 어느 날 마을에 무서운 인신매매범이 나타났습니다.

인신매매범은 빚을 갚지 못한 사람의 집에 쳐들어가 그의 딸을 데려가려고 했습니다. 그 딸은 진흙투성이와 같은 나이로 친한 친구였습니다. 그 상황을 차마 볼 수 없었던 진흙투성이는 인신매매범에게 친구 대신 자신을 데려가라고 부탁했습니다.

친구 대신 팔려가게 된 진흙투성이는 인신매매범과 함께 도시로 떠나게 되었습니다.

여러 도시를 떠도는 동안, 진흙투성이는 매일 어떤 것을 보아도 활짝 웃으며 기뻐했습니다.

게다가 인신매매범을 자신의 아버지처럼 따르며 친절하게 대했습니다. 그런 진흙투성이의 모습을 바라보면서 인신매매범은 마음이 흔들렸습니다.

달빛이 아름다운 어느 날 밤, 인신매매범은 진흙투성이에게 돈과 함께 편지 한 통을 남겨두고 조용히 사라졌습니다. 편지에는 이렇게 쓰여 있었습니다.

"너의 자는 모습을 보면서 내 자신이 너무 부끄러워졌다. 네가 들려준 이야기들 덕분에 내 마음에 있던 미움이 다 사라졌구나. 이제부터는 나도 인신매매 일은 그만두고 착한 일을 하며 살기로 했다. 너도 행복하게 살아라. 나는 지금 춤이라도 추고 싶은 심정이다. 모두 네 덕분이구나. 너의 웃음소리를 평생 잊지 않을게. 고맙다, 천사처럼 아름다운 아이야."

진흙투성이는 그때 비로소 떠돌이 아저씨가 자신에게 전해준 가르침의 의미를 깨달았습니다.

진흙투성이의 추한 모습을 하고 있던 소녀도 스스로를 변화
시켰습니다. 그로 인해 그녀에게 모질게 대했던 주변 사람들
의 마음도 변해갔습니다.

세상 어떤 사람이라도 자신을 바꿀 수 있는 가능성을 가지고
있습니다.

자신의 마음가짐을 바꾸면 자신의 행동을 바꿀 수 있습니다.
나아가 사람들을 행복하게 하고 그것이 또한 자신의 행복과
도 이어집니다. 그리하여 우리들의 인생은 더욱 아름다워지
고 사랑으로 가득 차게 됩니다.

청소를 하면 좋은 일이 생긴다

가기야마 히데사부로 이야기

〈일본을 아름답게 하는 모임〉의 제창자인 가기야마 히데사부로의 이야기입니다.
가기야마는 우리에게 청소의 중요함을 가르쳐주고 있습니다.

"청소는 사람을 변화시킨다."라고 주장하는 가기야마 히데사부로는 50년 가까이 화장실이나 공공장소의 청소를 실천해 온 인물로, NPO법인 〈일본을 아름답게 하는 모임〉의 창시자입니다.

이는 가기야마가 창업한 회사 '옐로우 햇'을 좋은 기업으로 만들겠다는 생각이 계기가 되었습니다. 그는 여러 활동을 통해서 좋은 사회를 만들고 사람들을 행복하게 하는 회사가 되기를 바랐습니다. 이를 위해 가장 필요한 것은 좋은 인재라고 가기야마는 생각했습니다.

하지만 갓 설립한 작은 회사가 좋은 인재를 확보하는 일은 결코 쉬운 일이 아니었습니다.

더구나 그 당시는 고도 경제성장기로 인재가 굉장히 부족했던 시기였습니다. 결국 이 회사에 모인 사람들은 여러 회사를 전전한 끝에 찾아온 사람들로 대부분 마음이 황폐해져 있었습니다.

시작은 생각처럼 잘 되지 않았습니다. 회사 규모는 작고 운영도 잘 되지 않았으며 직원들의 마음은 삭막하기만 했고 상품 판매 실적 또한 좋지 않은 악순환에 빠졌습니다. 고민을 거듭하던 가기야마는 우선 사무실 청소라도 깨끗이 해서 직원들이 깨끗한 환경에서 기분 좋게 일할 수 있도록 해야겠다고 생각했습니다.

그는 매일 아침 누구보다도 먼저 출근했고, 화장실 청소부터 시작해서 사무실, 복도, 현관까지 묵묵히 청소를 했습니다. 직원들은 처음에는 '왜 사장이 직접 청소를 하고 있지?' 라고 의아하게 여겼지만 회사가 점점 깨끗해지자 그들도 조금씩 변하기 시작했습니다.

우선 직원들의 표정이 밝아지고 활력이 넘쳤습니다. 그리고 마음을 담은 서비스로 고객을 대하게 되었습니다. 이런 긍정적인 자세는 상품판매에도 좋은 영향을 주었습니다.

청소로 인해 직원들의 인성이 좋아졌고 회사도 조금씩 성장해 나갔습니다. 그 후로 회사는 순조롭게 발전하여 현재의 대기업에 이르게 되었습니다.

또한 가기야마 히데사부로의 〈일본을 아름답게 하는 모임〉은 '청소를 통해 세상의 삭막함을 없애고 싶다.' 라는 신념으로 현재 일본뿐만이 아니라 해외까지 그 활동을 넓히고 있습니다.

Healing & Therapy

저도 학교에서 학생들을 가르치면서 경험한 것이 있습니다.

마음을 담아서 청소를 하면 확실히 스스로도 그렇고 주변의
여러 부분들이 좋은 방향으로 바뀌었습니다.

예를 들면 다음의 내용과 같습니다.

· 청소를 하여 깨끗해지면 누군가가 기뻐한다.

· 스스로 마음수련이 되어 겸허해진다.

· 자신도 모르는 사이에 인상이 좋아진다.

· 일과 사람을 소중히 여기게 된다.

· 인간관계가 좋아진다.

· 사람들을 기쁘게 하기 위해 무엇을 하면 좋을지 생각하는
  횟수가 많아진다.

· 사람들에게 신세를 지고 있다는 것을 깨닫고 감사의 마음
  을 가진다.

· 직장이나 학교의 분위기가 좋아져 활기가 생긴다.

청소는 누구든지 할 수 있는 스스로를 수련하는 일입니다.
더불어 많은 사람들에게 기쁨을 주는 일이기도 합니다.

행운은
불운의 밑바닥에서 시작된다

후지코 헤밍 이야기

만년에 꽃을 피우는 인생이 있습니다.
그런 희망을 가진 이야기를 소개합니다.

영혼의 피아니스트라 불리는 후지코 헤밍은, 4세 때 피아
니스트인 어머니에게 피아노를 배우기 시작하면서 점차 천
재소녀로 이름을 알리기 시작했습니다.

그녀는 17세에 솔로 콘서트 데뷔를 했고, 동경예술대학에
진학하여 다수의 음악상을 수상하면서 미래는 보장된 듯이
보였습니다.

그러나 독일유학을 준비하던 18세의 후지코 헤밍은 엄마

와 이혼한 스웨덴 국적의 아빠와 연락이 두절되는 등 복잡한 문제들로 국적을 잃게 되었고, 29세가 되어서야 피난민 신분으로 겨우 독일 유학을 갈 수 있었습니다.

그곳에서 궁핍한 생활을 보내며 힘들게 음악 공부를 계속하던 그녀는 세계적인 음악가 번스타인의 후원으로 간신히 데뷔의 기회를 얻을 수 있었습니다.

하지만 얼마 후, 큰 불행이 후지코를 덮쳤습니다.

난방도 안 되는 방에서 생활하면서 리사이틀 직전에 감기에 걸렸고 그 감기가 원인이 되어 양쪽 귀가 전부 들리지 않게 된 것입니다. 이후의 모든 연주회는 전부 취소할 수밖에 없었고 그녀는 그렇게 점점 음악계에서 잊혀져 갔습니다.

곤궁한 생활이 다시 계속되었습니다.

2년 정도 전혀 들리지 않았던 귀는 현재에도 왼쪽만 40% 정도 회복되었다고 합니다.

1995년 어머니의 죽음을 계기로 그녀는 39년 남짓한 외국 생활에 종지부를 찍고 일본으로 귀국하였습니다.

이후 일본에서 부지런히 콘서트 활동을 해 온 후지코에게

1999년 2월 기적 같은 일이 일어났습니다. 66세가 된 후지코의 반평생을 그린 NHK의 다큐멘터리 〈후지코 – 어느 피아니스트의 궤적〉이 전파를 타면서 큰 반향을 일으킨 것입니다.

고등학생에서부터 80세 이상의 노인까지 1000명이 넘는 시청자들이 후지코의 연주를 한 번 더 듣고 싶다는 요청을 해 왔고 그로 인해 이례적으로 재방송이 몇 번이나 방영되었습니다.

1999년 8월에는 데뷔 CD 〈기적의 캄파넬라〉를 발매했습니다. 그 음반은 지금까지의 클래식 CD 판매기록을 갱신할 정도로 큰 히트를 쳤습니다. 후지코 헤밍의 음악인생이 만년에 이르러서야 꽃을 피운 것입니다.

후지코 헤밍의 연주가 사람의 마음을 울리는 것은 그녀가 불행했던 밑바닥 생활을 극복해냈기 때문입니다. 그녀는 자신의 책에서 이렇게 말하고 있습니다.

"눈앞에 있는 현실만을 보고 행복과 불행을 판단

해서는 안 됩니다. 그때는 불행이라고 생각했던 일이 시간이 지나고 생각해 보면 보다 큰 행복을 위해 필요한 것이었다는 것을 알게 될 겁니다."

지금 자신이 밑바닥에 있다고 생각되더라도 결코 포기하지 마세요.

포기하지 않는다면 반드시 좋은 날이 찾아올 것입니다.

그때의 일은 보다 큰 행복을 위해 필요한 것이었을 뿐.

좋은 날은 반드시 찾아옵니다.

행운은 노력을 계속 이어 나가는 사람에게 찾아오는 것입니다.

우리 눈에 보이지 않는 능력

스페인 신부 이야기

지인인 루이스 데 모야(Luis de Moya) 신부 이야기입니다.

스페인 팜플로나 시에 살고 있는 루이스 데 모야(Luis de Moya) 신부는 37세에 교통사고를 당했습니다. 힘겹게 목숨은 건졌지만 목 아래로는 더 이상 움직일 수 없게 되었습니다. 그래서 사고 이후 줄곧 휠체어 생활을 하고 있습니다.

그러나 몸이 자유롭지 못함에도 불구하고 그는 매일 신부로서의 사목(司牧)활동을 하고 있습니다. 그는 컴퓨터도 사용할 수 있습니다. 목을 움직여 커서를 움직이고 호흡의 힘으로 클릭을 합니다. 그렇게 책을 써서 출판도 했습니다. 또 스페인 유교 대학인 나바라대학에서 사제활동을 하고 있으며 TV방송에도 출연하여 많은 사람들에게 힘을 주고 있습니다.

몇 년 전에 스페인에서 루이스 신부를 만날 기회가 있었습니다. 너무도 밝은 성격 때문에 주변 사람들은 그를 보는 것만으로도 힘을 얻었습니다.

"사고로 몸이 이렇게 되었는데 어떻게 그처럼 밝을 수가 있습니까?"
사람들의 물음에 그는 이렇게 대답했습니다.

"사고 때문에 분명 잃어버린 것이 있습니다. 하지만 그것은 억만장자가 만 원을 떨어뜨린 것과 같습니다."

루이스 신부는 오늘도 사람들에게 힘을 주며 밝은 모습으로 최선을 다해 살아가고 있습니다.

Healing & Therapy

잃어버린 것이 아닌, 지금 자신이 가지고 있는 것에 눈을 돌
린다면 누구나 밝은 마음을 되찾을 수 있을 것입니다.
우리들은 모두 그런 능력을 가지고 있습니다.
누군가에게 도움을 받은 것에 대해 감사할 줄 알며, 더불어
누군가를 위해서 무언가를 해 줄 수도 있습니다. 그리고 삶의
즐거움과 행복을 느낄 수 있을 것입니다.
우리 모두는 그런 마음을 이미 가지고 있습니다.

기쁨을 찾는 놀이

《소녀 폴리아나》 이야기

《소녀 폴리아나》는 미국에서 출판된 지 100년이 된 책으로
지금까지도 많은 사람들에게 사랑받고 있는 아동문학서입니다.
TV만화로도 방영되어 많은 사람들의 기억 속에 남아있습니다.
폴리아나는 평범한 소녀였지만 어느 순간 '플러스 사고'의 비법을 알게 되었습니다.
그럼 폴리아나의 비법을 배워 볼까요.

폴리아나는 어린 시절 엄마와 아빠를 잃고 고아가 되었
고, 혼자 살고 있는 이모 집으로 가게 되었습니다.

이모는 무척 까다롭고 차가운 성격의 사람이었습니다. 폴
라아나를 맡게 된 것을 달갑지 않게 여기던 이모는 그녀를

허름한 다락방에서 지내게 했고, 늘 차갑게 대했습니다. 하지만 어떤 상황에서도 기쁜 일을 찾아내는 '기쁨을 찾는 놀이'로 폴리아나는 언제나 행복해 했습니다.

처음 폴리아나가 그 놀이를 하게 된 계기는 그녀의 아빠 때문이었습니다.

어느 날 폴리아나가 인형을 갖고 싶다고 하자 목사였던 아빠는 교회 본부에 인형을 부탁했었습니다. 그런데 도착한 상자에 들어 있던 것은 인형이 아닌 지팡이였습니다. 실망한 어린 폴리아나는 울고 말았습니다.

"나는 인형이 갖고 싶어. 지팡이 같은 건 필요 없어."

그때 아빠가 가르쳐주었습니다.

"이것은 기쁜 일이란다."

"왜 기쁜 일이에요?"

"잘 들어보렴. 너는 걸을 수 있는 건강한 발이 있어서 지팡이를 쓸 필요가 없지? 바로 그것이 기쁜 일이란다."

"네?"

"성서에 '기뻐하세요.' '즐거워하세요.' 라는 말이 몇 번이나 나오는지 아니?"

"몰라요."

"아빠도 잘 몰라서 직접 세어 보았어. 그랬더니 800번도 더 나와 있었단다. 그것은 신께서 그만큼 우리가 기뻐하기를 바라는 것이란다. 우리가 기뻐하면 신도 기뻐하

신단다."

"나도 기뻐할 일이 많았으면 좋겠어요."

"그럼 오늘부터 아빠와 함께 '기쁨을 찾는 놀이'를 하자꾸나."

폴리아나는 눈을 반짝였습니다.

"기쁨을 찾는 놀이는 어떻게 하는 거예요?"

"항상 무슨 일이 있어도 그 안에서 기쁜 일을 찾아내는 것이란다. 기쁜 일을 찾아내는 것이 어려우면 어려울수록 더욱 즐거워지는 놀이야."

그 후로 폴리아나는 항상 기쁨을 찾는 놀이를 했습니다.

이모 집의 허름한 다락방에 살게 되었을 때에도 처음에는 조금 실망했었지만 이내 기뻐했습니다.

'이 방에는 거울이 없으니 주근깨를 안 봐도 돼서 기뻐. 방 안에 그림이 걸려있지 않아도 창문 밖으로 보이는 나무, 집, 교회의 탑과 시냇물이 흐르는 모습의 풍경들이 그림처럼 예뻐. 이모가 이 방을 내게 줘서 정말로 기뻐.'

폴리아나는 모든 상황을 긍정적으로 생각하며 계속해서 기쁜 일을 찾아 나갔습니다.

기쁜 일을 찾다보면 어느 새 싫은 일들을 잊어버릴 수 있었고 그 때문에 폴리아나는 언제나 행복할 수 있었습니다. 이모는 그런 폴리아나의 모습을 보고 깊은 감동을 받았고 완고했던 그녀의 마음도 점점 부드럽게 녹아갔습니다. 그리하여 폴리아나의 '기쁨을 찾는 놀이'는 폴리아나의 주변 사람들은 물론, 마을 전체에까지 퍼져나가 사람들의 마음을 밝게 변화시켰습니다.

Healing & Therapy

'기쁨을 찾는 놀이'를 하기 위해서는 돈도 어떤 준비도 필요하지 않습니다. 오늘부터라도 당장 할 수 있는 것입니다.

우선 지금 이 순간 기쁜 일을 찾아보세요.

분명 찾을 수 있을 것입니다(예를 들면 '이 책을 만날 수 있어서 기쁘다.'라든지……).

찾으면 찾을수록 오늘, 지금 이 순간이 행복해질 것입니다.

제2장

꿈을 이루어 주는
8가지 이야기

꿈은 이루어진다

월트 디즈니 이야기

온 세상의 모든 아이들에게 꿈과 기쁨을 주고 있는
월트 디즈니의 이야기입니다.

지극히 평범했던 청년시절의 디즈니는 만화를 좋아하는
가난한 애니메이터였습니다.

아파트를 빌릴 돈도 없어서 근무하고 있던 영화 스튜디오
의 쥐가 돌아다니는 창고에서 자야 할 정도로 가난한 생활
을 보내고 있었습니다. 그런 고통스런 생활 속에서도 그는
친구들과 함께 하나의 애니메이션 작품을 완성했습니다.

완성된 〈행운의 토끼 오스왈드〉라는 작품은 큰 히트를 쳤습니다. 하지만 작품이 좋은 반응을 얻었는데도 불구하고 그는 뼈아픈 실패를 맛보아야 했습니다. 〈행운의 토끼 오스왈드〉의 저작권을 등록해 놓지 않아서 영화배급사에게 저작권을 빼앗기고 만 것입니다. 그는 돈을 한 푼도 받지 못하게 되었습니다.

그는 자신의 멍청함을 탓했습니다. 게다가 친구였던 스태프들 모두 그 배급회사에 스카우트되어 디즈니의 곁을 떠났습니다. 수입도 없고 친구들에게 배신까지 당한 그는 울면서 고향으로 돌아갔습니다.

돈도 없고, 친구도 떠나고, 회사도 미래도 모두 잃은 그였지만 딱 하나, 자신의 꿈만은 버리지 않았습니다.

그는 고통스런 생활 속에서도 집의 차고에 틀어박혀 자신의 친구가 되어준 쥐를 이미지로 한 새로운 작품을 만들었습니다. 그 쥐의 이름이 바로 〈미키 마우스〉입니다. 모험심이 왕성하고 실패해도 밝게 다시 일어서는 미키 마우스는 순식간에 사람들의 마음을 끌며 미국에서 큰 인기를 얻었습니다.

디즈니는 이것을 계기로 점차 자신의 꿈을 실현시켜 나갔습니다. 아이들의 꿈동산인 디즈니랜드도 그 꿈 중 하나였습니다. 디즈니가 그때의 뼈아픈 좌절 속에서 꿈을 포기했었다면 디즈니랜드도 탄생할 수 없었을 것입니다.

"꿈을 꿀 수 있다면 당신은 그것을 실현시킬 수 있다. 언제나 잊지 않기를 바란다. 모든 것이 한 마리의 쥐에서 시작되었다는 것을……."
_ **월트 디즈니**

힘든 상황에서도 결코 꿈을 포기하지 않았던 디즈니는 우리들에게 꿈을 포기하지 않고 계속 좇아가야 한다는 것을 가르쳐주었습니다.
조그만 생쥐 미키 마우스가 디즈니의 출발점이었던 것처럼 우리들의 꿈도 작은 것에서부터 실현해 나가는 것이라고 생각합니다.

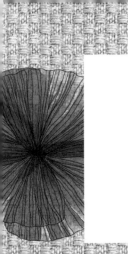

작은 것이 쌓여
큰 꿈을 실현시킨다

이치로 선수 이야기

2001년 메이저리그에 진출하여
해마다 좋은 결과를 내고 있는 이치로 선수 이야기입니다.

현재 빅 리그에서 맹활약하고 있는 이치로 선수도 프로야구에 입단한 초창기부터 뛰어난 기량을 선보였던 것은 아닙니다.

프로 구단 입단 후 2년간은 오릭스 2군과 1군을 왔다갔다 하는 생활이 반복되었습니다. 코치진이 이치로의 타격 자세를 바꿀 것을 지시하여 힘든 날들을 보내고 있었기 때문입니다.

구단에 들어온 지 3년째 되던 해에 그의 발군의 배팅 센스를 간파한 오기 아키라 감독이 부임해오면서 마침내 그는 실력을 발휘하게 됩니다.

오기 감독의 아이디어로 등록명도 스즈키 이치로에서 이름만 딴 '이치로'로 바꾸고 심기일전으로 노력했습니다. 그 덕분에 드디어 그 해 4월부터 1군에 정착하여 주전선수로 활동하며 계속해서 안타를 쳤습니다. 그리하여 당시의 퍼시픽리그 신기록이 된 타율 3할8푼5리로 수위타자의 타이틀을 획득했습니다. 안타 수는 210개(당시 일본 프로야구 기록)를 기록했습니다.

일본에서 7년 연속 수위타자, 최우수선수, 골든글러브상을 획득한 후 이치로는 다음 꿈인 빅 리그에 도전하였습니다. 그리고 2004년 262개의 안타를 만들어내며 84년 만에 빅 리그 기록을 갈아치우는 위업을 달성했습니다.

그 당시 그는 이렇게 말했습니다.

"꿈을 잡는 것은 단 한 번에 되지는 않습니다. 작은 것부터 쌓아올려서 그것이 어느 순간 믿을 수 없을 정도의 힘을 낼 수 있게 되는 것입니다."

2010년에 그는 '10년 연속 200안타' 라는 세계기록을 갱신했습니다.

이치로 선수의 도전은 지금도 계속되고 있습니다.

 Healing & Therapy

이치로 선수는 경기 중에 최고의 힘을 낼 수 있도록 하기 위해 경기장이 아닌 곳에서도 작고 사소한 것에 주의를 했습니다. 철저한 몸 관리는 물론 매일 목표를 가지고 공부하며 글러브나 배트 등의 도구도 꼼꼼하게 점검하는 등 누가 시키지 않아도 자발적으로 했습니다.

그런 일상의 작은 반복들이 하나의 안타를 만들고 그것이 쌓이고 쌓여서 대기록을 탄생시킨 것입니다.

우리들도 자신의 자리에서 스스로가 해야 할 것들을 차근차근 쌓아나간다면 꿈의 실현에 점점 가까워질 것입니다.

그리고 어느 순간 다른 사람에게는 믿을 수 없는 대단한 일이 일어날 것입니다.

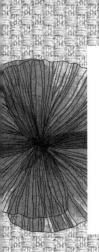

포기하기에는 아직 이르다

커넬 샌더스 이야기

젊은 사람들은 물론
중장년층에게도 용기와 희망을 주는 이야기입니다.

KFC(켄터키 후라이드 치킨)의 창립자인 커넬 샌더스의 이야기입니다.

꿈을 실현시키기 위해 행동으로 실천할 당시 그의 나이 65세였습니다. 그때까지 그는 실의와 빈곤 속에 살고 있었습니다. 새로운 고속도로 건설로 자동차의 흐름이 바뀌었고, 그 변화는 샌더스가 경영하던 조그만 주유소 겸 레스토랑의 문을 닫게 만들었습니다.

빚을 갚고나자 샌더스의 수중에는 땡전 한 푼 없었습니다. 가입했던 회사보험 수령금액도 겨우 150달러에 불과했습니다. 그 돈으로는 생활조차 할 수 없었습니다.

하지만 힘든 상황에서도 그는 이렇게 생각했습니다.

'나는 세상 사람들을 위해서 무엇을 할 수 있을까? 어떻게 하면 보답할 수 있을까?'

아직까지는 일할 의욕이 있었던 것입니다.

샌더스는 자신이 가진 것 중에서 세상 사람들에게 도움이 될 만한 것이 없을까를 생각했습니다. 그러다가 문득 자신의 가게에서 반응이 좋았던 치킨 레시피를 다른 레스토랑에 팔아보는 것이 어떨까 하는 생각이 떠올랐습니다.

그는 바로 실행에 옮겼습니다.

마을에 있는 여러 레스토랑을 돌아다니며 자신의 아이디어를 설명하기 시작했습니다.

"정말 훌륭한 치킨 레시피가 있습니다. 이것을 사용하면 분명 레스토랑의 매상이 크게 오를 것입니다. 매상이 오르면 그때 수익의 몇 %를 저에게 주시면 됩니다."

하지만 대부분의 레스토랑 주인들은 콧방귀를 뀌며 무시했습니다.

"알았으니까 거기 놔두고 가세요."

그러나 그는 포기하지 않았습니다. 날마다 낡고 오래된 자동차를 끌고 미국 전역을 돌아다녔습니다. 주름투성이가 된 흰 양복차림으로 밤이 되면 자동차 뒷좌석에서 잠을 자고, 아침이 되면 또다시 누군가에게 자신의 아이디어를 팔러 다녔습니다.

다음 날도, 그 다음 날도……

원하는 대답을 얻기까지 그가 도전한 횟수는 어느 정도였을까요?

3회, 4회, 5회?

그는 원하는 대답을 들을 때까지 포기하지 않고 도전을 계속해나갔습니다. 2년간 무려 1000회 이상 거절을 당하고서야 그는 마침내 꿈을 이룰 수 있었습니다.

그가 만약 도중에 포기했다면 세계적인 패스트푸드 가게
인 〈KFC〉는 세상에 나오지 못했을 것입니다.

Healing & Therapy

나이에 관계없이 꿈을 가지고 있다는 것은 멋진 일입니다.

꿈에 도전하는 것은 아무리 나이가 많아도 늦지 않습니다.

처음에는 마음먹은 대로 잘 되지 않을지도 모릅니다.

하지만 포기하지 말고 끝까지 노력해보세요.

분명 즐거운 일이 생길 것입니다.

당신의 마음에 떠오른 꿈은

그것을 행동으로 옮길 때 비로소 실현시킬 수 있습니다.

여러분도 꿈에 도전하는 멋진 인생을 보낼 수 있을 것입니다.

포기하지 말고,
끝까지 멈추지 말고

아사다 지로 이야기

일본의 인기 소설가 아사다 지로의 이야기입니다.

아사다 지로는 초등학생 때부터 소설가를 꿈꿔왔습니다.
그리고 오랫동안 우직한 노력으로 그 꿈을 이룬 사람입니다.

고등학생 때 그는 같은 꿈을 목표로 하고 있던 존경하는
선배에게서 충격적인 이야기를 들었습니다.
"너는 소설가가 될 재능이 없어."
그 말에 한동안 큰 충격을 받았고 자신에게 재능이 없다

는 말이 맞는 것 같다는 생각도 들었지만 그는 포기하지 않고 평소 동경해오던 미시마 유키오의 소설을 원고지에 옮겨 쓰는 수행을 해나갔습니다.

고등학교를 졸업한 후 대학에 진학하지 않고 여러 직장을 전전하면서도 그 수행은 계속되었습니다. 매일 3시간 이상 책상 위의 원고지에 파묻혀 있었습니다.

그러는 한편, 그는 자신이 쓴 소설로 여러 문학공모전에 응모했지만 모두 떨어졌습니다.

그간 써온 글, 연기와 함께 사라진 원고지만 해도 몇 만장에 이를 것입니다.

그런 생활이 10년 이상 계속되었습니다.

그러던 그가 갓 서른 살을 넘겼을 때 간신히 공모전의 2차 심사에 자신의 작품이 올랐습니다. 너무 기뻐서 펄쩍펄쩍 뛰던 그는 그 출판사 앞까지 찾아가 두 손을 모아 감사의 기도를 드렸다고 합니다. 애석하게도 최종 심사에서 떨어졌지만 그때 그 소설의 주인공 이름이었던 '아사다 지로'를 자신의 필명으로 삼았습니다.

그의 나이 서른다섯에 자신의 작품이 처음으로 활자화 되었고, 마흔이 되던 해에 드디어 자신의 첫 책이 출간되어 세상에 나왔습니다. 그가 소설가에 뜻을 둔 지 30년이나 지난 후였습니다. 때문에 여태껏 상대해주지 않던 큰 출판사로부터 에세이 연재 의뢰가 들어왔을 때, 처음에 그는 순순히 믿지 못하고 빚쟁이가 자신을 꾀어내기 위한 함정이 아닐까 하고 의심한 적도 있었다고 합니다.

그 후 그는 〈지하철을 타고〉라는 작품으로 요시카와 에이지 문학상을 수상했으며, 〈철도원〉으로 나오키상을 수상했습니다.

지금 현재 그는 일본에서 최고로 인기 있는 작가 중 한 명으로 활동하고 있습니다.

'소설가가 되고 싶어.'

아사다는 어릴 때부터 줄곧 꿈꿔 오던 소설가의 꿈을 포기하지 않았습니다. 자신이 쓴 소설이 공모전에서 매번 떨어져도 결코 글 쓰는 일을 멈추지 않았습니다. '나는 정말 재능이 없는 것일까' 하고 낙심했던 날조차도 글 쓰는 것을 멈추지 않았습니다.

포기하지 않고 계속해왔기 때문에 결국 자신의 꿈을 이룰 수 있었던 것입니다.

"모두에게 바보취급을 받더라도 자신의 신념을 절대로 포기해서는 안 된다."

_ 아사다 지로

Healing & Therapy

아사다 지로는 평소 소설 읽는 것을 좋아하고 쓰는 것도 좋아했다고 합니다. 여러 직장을 전전하며 공모전에도 계속 떨어지는 힘든 상황이 반복되었지만 자신이 좋아하는 일이기 때문에 계속해 나갈 수 있었다고 합니다.

'좋아하면 자연히 능숙해진다.' '지속은 힘이다.' 라는 옛말이 역시 틀린 말이 아닌가 봅니다.

여러분도 정말로 좋아하는 일이 있다면 포기하지 말고 끝까지 밀고 나가시기 바랍니다.

힘이 조금씩 쌓여서 언젠가는 그 꿈을 이루는 운이 활짝 열릴

것입니다.

행운은
노력하는 자에게 찾아온다

그림책 작가 노부미 이야기

그림책 작가 노부미의 이야기입니다.

꿈을 이루고 싶은 사람들에게 이 이야기가 용기를 주고 힘이 되기를 바랍니다.

노부미는 초등학생 시절에 심한 따돌림을 당했습니다.

초등학교 5학년 때, 학교생활이 너무 힘들고 고통스러웠던 노부미는 자살을 결심하고 칼로 자신의 목을 그었습니다(손목이 아닌 목입니다). 피가 철철 넘치며 허벅지에 뚝뚝 떨어지는 광경을 보고서야 그는 자신이 살아있다는 것을 실감했다고 합니다.

그 후 자신을 지키기 위해서 스스로를 강하게 단련하고

자신만의 길을 나아가기로 결심했습니다. 하지만 여전히 학교에 가기 싫은 마음은 쉽게 나아지지 않아서 학교와는 점점 멀어져갔습니다.

고등학교 때에는 '이케부쿠로연합'이라는 폭주족의 리더가 되어 허송세월을 보내기도 했습니다.

고등학교를 졸업한 노부미는 보육교사 전문학교에 입학했고, 그 학교에서 사귀게 된 여자 친구가 그림책을 좋아한다는 말을 듣고서 그녀에게 인정받기 위해 그림책을 만들기 시작하였습니다. 여자 친구와 함께 그림책을 만들어 가면서 그는 그림책을 만드는 일에 점점 빠져들었습니다. 그리고는 결심했습니다.

'그래, 그림책 작가가 될 거야!'

하지만 누구 하나 응원해주기는커녕 주변 사람들 모두 부정적인 말들만 했습니다.

"그곳은 힘든 세계야."

"우리 같은 사람이 작가가 될 확률은 몇 만 명 중에 겨우

한 명 정도야."

"재능이 없으면 힘들 걸."

노부미가 그림을 잘 그렸던 것은 아닙니다. 오히려 보육
교사 전문학교에서도 반 친구들이 보는 앞에서 제일 못한다
며 바보취급을 당하기도 했습니다. 하지만 그는 그림책 만
드는 일이 너무도 좋았습니다. 그래서 자신의 길은 이것뿐
이라고 생각했습니다.

무슨 일이 있어도 그림책 작가가 되겠다는 결의에 찬 그
는 그림책 6000권을 독파하고 300권을 써 모으면서 2년간
출판사에 계속 투고를 했습니다. 그러나 그에게 돌아오는
건 냉담한 거절뿐이었습니다.

하지만 그런 노력이 모두 헛된 것만은 아니었습니다. 출
판사에 했던 수많은 투고가 인연이 되어 생각지도 않게
NHK교육방송 〈엄마와 함께〉라는 육아프로그램에 채용되는
행운이 찾아왔습니다. 〈엄마와 함께〉에서 방영된 애니메이
션 〈내 친구〉는 시청자들에게 좋은 반응과 평가를 받았습니

다. 그리고 마침내 그녀는 자신이 염원하던 그림책 작가가
되었습니다.

그녀가 만들었던 그림책 300권이 출판사들로부터 모두 거절
당했지만 포기하지 않고 2년간 계속했던 노부미의 열정과 에
너지는 정말 대단합니다. 그 열정과 에너지가 노부미의 꿈을
실현시킨 원동력임에 틀림없습니다.

그는 이렇게 말합니다.
"어머니께서 지금까지 많은 사람들을 도와주고 다른 사람들
을 위해 좋은 일을 많이 해왔기 때문에 나에게 그런 행운이
온 것이라 생각합니다."

행운은
그 행운에 어울리는 노력을 한 사람에게 찾아옵니다.
그 사람들은 자신에게 찾아온 행운에 대해 항상 "○○ 덕분에"

라고 이야기합니다. 그것은 분명 사실입니다.

행운은 노력과 더불어 감사하는 마음을 가지고 있는 사람에게 찾아오기 때문입니다.

"○○덕분에 이런 좋은 일이 생긴 것"이라고 생각하면 점점 좋은 일들이 찾아오게 될 것입니다.

약속은
실행의 힘을 솟게 한다

파키스탄의 한 마을에 학교를 지은 남자

전미에서 200만 부를 넘긴 베스트셀러 《THREE CUPS OF TEA》의
주인공인 그레그 모텐슨의 기적 같은 감동 실화입니다.

1992년 34세의 그레그 모텐슨은 세계에서 제일 험난한 등
정으로 잘 알려진 K2에 올라갔습니다. 23세의 나이로 죽은
그의 여동생이 생전에 원했던 바람대로 여동생의 유품인 목
걸이를 산 정상에 놓아두기 위해서였습니다. 하지만 산 정상
을 불과 20미터 앞둔 곳에서 그는 조난당하고 말았습니다.

생명의 기로에 서 있을 때 포터에게 구조되어 파키스탄의

어느 작은 마을에 신세를 지게 되었습니다. 마을 사람들의 극진한 보살핌 속에서 따뜻한 교류를 나누는 동안 그는 충격적인 사실을 발견했습니다. 그 마을에 단 하나의 학교도 없었던 것입니다. 그래서 아이들은 추위에 단단하게 언 땅바닥에 나무토막으로 글을 쓰면서 혼자서 공부하고 있었습니다. 교실도 교과서도 없는 장소에서 일주일에 세 번밖에 오지 않는 선생님을 기다리면서 말입니다.

아이들이 손에 쥔 그 나무토막을 바라보며 그레그는 가슴이 찢어질 듯 아팠습니다. 순간 그는 자신을 구해주고 보살펴준 마을 사람들을 위해 무슨 일이든 해야겠다고 생각했습니다. 그 일은 K2 정상에 오르는 일보다 훨씬 중요했습니다.

어느 날 그는 마을 장로에게 말했습니다.

"제가 이 마을에 학교를 짓겠습니다. 반드시 이 약속을 지키겠습니다."

그러나 그 다음부터가 문제였습니다. 그레그는 간호사였기 때문에 학교를 짓는 방법에 대해서는 아무것도 아는 것이 없었습니다. 무엇보다도 학교를 짓기 위해서는 막대한 자금이 필요했지만 그에게는 돈도 없었습니다.

　미국으로 돌아온 그는 후원금을 마련하기 위해 580통의 편지를 써서 여러 기관과 유명인사에게 편지를 보내고 도움을 요청했습니다. 하지만 돌아온 답장은 100달러짜리 수표가 들어 있는 1통의 편지뿐이었습니다.
　그래도 그는 포기하지 않았습니다. 우선 자신의 물건들을 내다팔고 아침부터 밤늦게까지 일하면서 계속해서 후원자들을 찾는 노력을 게을리하지 않았습니다.
　그런 그의 열의가 전해진 것일까요. 도와주는 사람들이 하나 둘 나타나기 시작했습니다. 하지만 파키스탄으로 돌아와 학교짓기에 전념하면서 지금까지 다니던 직장을 잃게 되었고, 사랑하는 애인과 헤어지고, 자신의 집마저도 잃게 되었습니다.
　그래도 그는 마을 장로와의 약속을 지키기 위해서 포기하지 않았습니다.

　4년 후인 1996년, 우여곡절 끝에 그토록 바라고 바라던 첫 번째 학교가 세워졌습니다. 그 후 지금까지 파키스탄과 아프가니스탄에 모두 60개가 넘는 학교가 지어졌습니다.

대부분의 아이들은 매일 2~3시간을 걸어서 학교에 가야 했습니다. 그래도 아이들은 학교에 가는 것을 너무나도 좋아했습니다. 학교에서 배운다는 것은 곧 기회를 얻는 것이라는 사실을 그들은 잘 알고 있었습니다.

지금 전 세계의 5살에서 15살의 아이들 중, 학교에 가고 싶어도 갈 수 없는 아이들이 무려 1억 1000만 명에 달한다고 합니다. 그들은 가난한 형편 때문에 하루에도 몇 시간씩 일을 해야만 하고, 공부를 하고 싶어도 배울 수 있는 학교가 없습니다. 단 한 번도 학교에 다니지 못한 채 전쟁에 불려 나가 죽어가는 아이들도 많습니다.

파키스탄에서는 단돈 1페니(약 10원)로 연필 한 자루를 살 수 있습니다. 그 연필로 글을 읽고 쓰며 문학을 배운다면 아이들은 다른 나라와의 교류와 더불어 자신의 세계를 더 넓혀갈 수 있습니다. 그리고 배운 것을 바탕으로 희망을 가지고 인생을 걸어 나갈 수 있습니다.

여태껏 공부할 기회가 없었던 한 소녀가 말했습니다.

"나는 교육이 어떤 의미인지 전혀 몰랐어요. 하지만 이제
는 그것이 세상의 물처럼 인생의 모든 것에 연결되는 매우
소중한 것이라는 것을 알게 되었어요. 나는 커서 의사가 되
고 싶어요. 그냥 환자만을 치료하는 의사가 아니라 병원을
지을 수 있는 의사가 되고 싶어요. 그래서 이 지역 모든 여성
의 건강문제를 해결해 주고 싶어요."

그레그가 지은 학교는 아이들에게 희망을 주는 장소가 되
었습니다.

단 한 사람의 결의에서부터 세상의 변화가 시작됩니다.
지금 당장 누군가와 약속을 하십시오.
그리고 그 약속을 실행하기 위해 움직이세요.
분명 멋진 일이 일어날 것입니다.

눈앞의 손님을 기쁘게 하라

세계 제일의 정원 디자이너 이야기

나가사키에는 세계 제일의 정원 디자이너가 있습니다.

세계적인 원예축제인 영국의 '첼시 플라워 쇼'에서 3년 연속 금메달을 수상한

이시하라 가즈유키가 바로 그 주인공입니다.

이시하라는 대학졸업 후 일본 꽃꽂이의 전통 유파인 '이 케노보'에 입문하면서 꽃의 매력에 푹 빠지게 되었습니다. 그것이 계기가 되어 자신이 태어나고 자란 나가사키에 꽃가 게를 열었습니다.

당시 20대였던 이시하라의 꿈은 나가사키에서 제일 가는 꽃가게를 운영하는 것이었습니다.

그는 제일 밑바닥부터 시작했습니다. 돈이 없어서 무허가

노점상 판매부터 시작한 것입니다. 그렇게 힘들게 일해서 모은 돈으로 트럭을 마련했고, 트럭 안에서 잠을 자며 왕복 7시간이나 걸리는 길을 오가며 꽃을 사와서 거리의 손님들에게 꽃을 팔았습니다.

그렇게 해서 마련한 첫 가게는 다다미 1장 정도의 작은 공간이었습니다. 번화가에 자동판매기가 들어서 있던 땅을 빌려서 차린 가게였습니다. 규모는 작았지만 열심히 일한 만큼 가게는 번창했고 하나 둘 작은 지점까지 내게 되었습니다.

그로부터 3년 후, 가게는 무려 30곳이 되었고 나가사키 제일의 꽃가게가 되었습니다.

그러나 전국 진출을 시도했다가 실패하면서 하루아침에 80억 원의 빚을 지고 말았습니다. 그 빚을 갚고 가족과 직원들을 부양하기 위해서 그는 다시 한 번 밑바닥부터 시작했습니다. 밤낮을 가리지 않고 필사적으로 일하는 날들이 계속되었습니다.

그 중 정원가꾸기는 한 번도 해 본 적이 없던 일이었기 때문에 처음에는 서툴렀습니다. 꽃을 사가는 단골 사모님들이 정원손질을 부탁한 것이 계기가 되었는데, 대충 눈동냥으로 익혀서 흉내낸 정원 손질이 의외로 좋은 반응을 얻으면서 계속하게 된 것입니다.

그 후 자신을 찾아오는 손님들을 기쁘게 하기 위해서 열성적으로 그 일에 몰두했습니다. 그렇게 정원가꾸기를 시작한 그가 세계적인 대회에 첫 출전한 것은 46세 때의 일입니다.

세계적인 원예 대축제인 영국의 '첼시 플라워 쇼'를 보고 나서 소름이 돋고 다리가 떨렸습니다.

'내가 만든 정원은 발끝에도 못 미치는구나. 부끄럽다.'

이시하라는 이번에도 도전하기로 마음먹었습니다. 돈도 없고 시간적 여유도 없었습니다. 그리고 무엇보다 자신의 정원가꾸기 기술은 세계적인 수준의 정원 디자이너에 비해 턱없이 부족한 실력이었습니다. 그런데도 이상하게 도전의식이 불타올랐습니다.

'첼시 플라워 쇼에 나가서 꼭 금메달을 딸 거야. 세계 제일의 정원 디자이너가 되어 우리 마을을 일으킬 거야.'

그것이 이시하라의 큰 꿈이 되었습니다.

제대로 아는 것도 없이 열정만으로 뛰어든 첫 도전에서 그는 운 좋게 은메달을 획득했고, 그 후 그는 3년 연속 금메달을 수상하는 쾌거를 달성했습니다.

현재 이시하라는 도쿄에 사무실을 차리고 세계 각국에서 들어오는 일을 의뢰받는 정원 디자이너가 되었습니다. 지금은 정원가꾸기 분야에서 세계적인 디자이너 반열에 올라섰지만 연금생활을 하고 있는 동네 아줌마의 작은 부탁에도 그는 여전히 최선을 다하고 있습니다.

"살아가는 동안 꽃과 함께 하는, 모두가 행복해할 수 있는 장소를 하나라도 더 많이 만들어가고 싶다."

이것이 이시하라의 소원입니다.

이시하라의 두 아들은 모두 제가 근무했던 학교를 졸업했습니다. 이시하라는 아들들이 다니는 학교 행사 때마다 학부모와 아이들에게 꽃을 키우는 방법이나 정원 꾸미는 방법을 무료로 가르쳐주곤 했습니다.

그때마다 이시하라는 사람들의 미소를 보며 진심으로 기뻐하는 것 같았습니다.

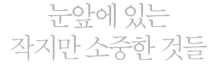

눈앞에 있는
작지만 소중한 것들

10명의 아이를 둔 엄마의 꿈을 이룬 〈기쁨노트〉

주부이면서 작가로도 왕성한 활동을 하고 있는 키시 노부코에게
재미있고 유익한 이야기를 들었습니다.

키시 노부코는 10명의 자녀를 둔 엄마입니다.

제일 큰 아이가 20대이고 막내가 초등학생인, 7남 3녀를
둔 엄마이면서 두 권의 단행본과 동화책 1권을 출간한 그녀
는 구마모토 현의 지역방송에도 몇 번이나 소개된 유명 인
사이기도 합니다.

키시는 초등학교 5학년 때부터 두 가지의 큰 꿈을 가지고

있었습니다. 평소 책 읽는 것을 좋아했던 그녀는 그 중에서도 가장 좋아하는 책인 《빨간 머리 앤》의 배경무대이기도 한 '캐나다의 프린스 에드워드 아일랜드에 가는 것'이 첫 번째 꿈이었습니다.

그리고 책 읽는 것 못지않게 글 쓰는 일을 좋아해서 '자신의 이름으로 책 한 권 출판하기'가 그녀의 두 번째 꿈이었습니다.

"계속하여 꿈을 좇아가면 언젠가 반드시 이루게 될 것입니다."

키시는 이 말을 가슴에 새기며 계속 꿈을 좇아가겠다고 생각했습니다.

대학교를 졸업하고 키시는 구마모토의 한 기업에 취직했습니다. 그 후 몇 년의 시간이 흐르고 그녀는 결혼을 했습니다. 그리고 귀여운 3명의 아이를 낳았습니다.

물론 행복한 생활이었습니다. 하지만 육아는 보통 힘든

것이 아니었습니다. 좋아하는 독서도 아이가 울면 중간에 멈춰야 했고, 영어 공부를 해야겠다고 마음먹어도 아이들 때문에 제대로 할 수가 없었습니다. 영화나 콘서트를 보러 갈 수도 없었습니다. 그래서 늘 짜증나는 얼굴로 아이들을 혼내기만 했습니다.

하지만 모두가 잠든 밤, 평화롭게 잠든 아이들의 얼굴을 들여다보고 있노라면 마음이 숙연해졌습니다.

'내일부터는 상냥한 엄마가 되어야지.'

이렇게 반성을 되풀이 했지만 다음날 아침이 되면 평소와 다름없이 꽥꽥 소리 지르며 화를 내고야 말았습니다. 매일 같이 반복되는 일상 속에서 스트레스만 쌓여갔습니다.

그렇다고 초등학교 5학년 때부터 꿈꿔 온 '프린스 에드워드 아일랜드에 가기'와 '책 출판하기'라는 두 가지 꿈을 포기한 것은 아니었습니다. 하지만 돈도 없고 시간도 없고 육아 때문에 엄두도 낼 수 없었습니다. 이런 현실생활 속에서 그녀는 점점 우울해졌습니다.

그러던 어느 날, 평소 존경하는 육아 선배가 말했습니다.

"아이는 눈 깜짝할 사이에 커버려. 아이가 어리고 엄마를 의지하는 시간은 지금뿐이야. 지금이 가장 좋은 시간이야.
그러니 지금 이 순간을 즐겨."

"알고는 있지만 그게 잘 안 되는 걸 어떡해요······."

처음에는 반발했던 그녀였지만 그 선배의 말이 전환점이
되어 새로운 결심을 하게 되었습니다.

키시 노부코의 새로운 '결심'에 이르기까지의 심경은 다
음과 같습니다.

'지금 육아만으로도 힘이 벅찬 현실에서 꿈을 좇고 있으
면 스트레스만 쌓일 뿐이다. 이것도 못하고 저것도 못한다
는 핑계를 나는 전부 아이들 탓으로만 돌리고 있다. 분명 잘
못된 일이다. 사랑하는 사람과 결혼하여 3명의 아이를 선물
받았는데 이 현실을 있는 그대로 받아들이지 않는 내가 나
쁜 것이다. 내가 변해야 한다.'

'지금 할 수 있는 일을 즐기자. 이 현실을 부정하
는 꿈이라면 잠시 옆에 놓아두자. 중요한 것은 지
금 이 순간이니까.'

이것이 키시의 새로운 '결심'이었습니다. 그리고 이 결심을 구체적인 행동으로 옮겼습니다. 그것은 매일 〈기쁨노트〉를 쓰는 것이었습니다. 이 〈기쁨노트〉는 키시가 초등학교 5학년 때에 좋아했던 《소녀 폴리아나》란 책에 나오는 주인공 폴리아나가 했던 놀이 이름을 붙인 노트입니다.

앞에서도 소개했듯이 폴리아나는 '플러스 사고'를 하는 소녀였습니다. 초등학교 5학년이었던 그녀는 자신도 이런 소녀가 되고 싶은 생각에 폴리아나처럼 〈기쁨노트〉를 만든 것입니다.

키시는 그때의 자신의 모습을 생각하며 다시 한 번 매일 〈기쁨노트〉를 쓰기로 했습니다.

〈기쁨노트〉에는 자연과 아이들에 관한 내용을 적었습니다. '큰 애가 오늘 이런 말을 했다.' '둘째가 이렇게 해서 기뻤다.' 등등……. 소소한 기쁨들과 좋았던 일, 그리고 즐거웠던 일을 찾아내 써내려갔습니다.

그러는 사이 그녀는 깨달았습니다. 아이는 어른과는 전혀 다른 발상을 하고 있다는 것을…….

도대체 뭐가 재미있는지, 뭐가 독특한 것인지, 뭐가 귀여운 것인지 어른의 생각으로는 이해하기 힘들었습니다. 하지만 아이로 있는 시기는 지금뿐이고 따라서 육아도 지금밖에 할 수 없는 일이라는 것을 느꼈습니다.

〈기쁨노트〉는 3년간 계속되었습니다. 매일 즐거웠던 일, 재미있었던 일, 기뻤던 일을 발견해 나갔습니다. 그 후에는 〈기쁨노트〉가 필요 없어도 될 정도로 매일 매일이 즐겁고 재미있고 기쁜 일의 연속이었습니다.

'아이를 키우는 일이 이렇게 즐거운 일이었구나!'

그러는 동안 더 많은 아이가 태어났고, 어느 새 그녀는 10명의 자녀를 둔 엄마가 되었습니다.

초등학교 5학년 때부터 꿈꿔왔던 '프린스 에드워드 아일랜드에 가기'와 '책 출판하기'의 꿈은 여전히 먼 곳에 있는 것이라고 느꼈습니다.

그러나 꿈은 멀리 있지 않았습니다.

어느 날 잡지를 보다가 동화 작품 현상 공모 기사가 눈에 들어왔습니다.

'글을 써서 응모해보자.'

글 쓰는 것을 좋아하는 그녀였기에 그 기사를 본 순간 응모해야겠다는 생각이 들었습니다. 글의 소재는 〈기쁨노트〉에 가득했습니다. 덕분에 어렵지 않게 글을 완성하여 응모할 수 있었고, 뜻밖에도 최고상을 수상하는 행운을 얻게 되었습니다.

키시는 시상식에 가서 상장과 부상을 받았습니다. 부상은 해외여행이었습니다. 그렇지만 아무 곳이나 갈 수 있는 조건은 아니었습니다. 주최자가 정한 장소로 가야 하는 여행 선물이었습니다. 부상에 적혀 있는 여행지를 확인하던 키시는 너무 놀란 나머지 온몸에 소름까지 돋았습니다. 부상으로 받은 카드에는 이렇게 적혀 있었습니다.
「캐나다 프린스 에드워드 아일랜드. 2명.」

키시 부부는 결혼 초 돈이 없어서 신혼여행도 가지 못했습니다. 그 후에도 아이들이 차례로 태어나면서 여행은 생각조차 할 수 없었습니다. 더구나 해외여행은 꿈도 꿀 수 없었습니다. 그저 그림의 떡일 뿐이었습니다. 그랬던 그녀가 늘 꿈꿔 왔던 프린스 에드워드 아일랜드에 갈 수 있게 된 것입니다. 그것도 이 세상에서 가장 사랑하는 남편과 함께 말입니다.

"일생에 단 한 번뿐인 기회니까 아이들 걱정은 하지 말고 다녀오너라."

키시의 어머니가 10명의 아이들을 보살펴주기로 하였습니다. 그리하여 키시 부부는 꿈같은 여행을 할 수 있었습니다.

그리고 두 번째 꿈 또한 생각지도 못한 순간에 실현되었습니다. 많은 자녀를 둔 키시는 구마모토현의 지역 방송에 가끔씩 출연하게 되었는데, 그 곳에서 구마모토 일일신문의 관계자로부터 키시 노부코의 육아 체험 이야기를 책으로 출판해보지 않겠냐는 제안을 받게 되었습니다.

그로부터 얼마 지나지 않아 그녀의 첫 번째 책《육아는 즐거워!》가 세상에 나왔습니다. 이 책은 키시가 10명의 자녀를 키운 경험이 고스란히 담겨 있는 〈기쁨노트〉가 바탕이 되었습니다.

그렇게 그녀의 두 번째 꿈도 실현되었습니다.

키시는 이렇게 말합니다.

"꿈은 소중합니다. 하지만 너무 그것에만 열중하다보면 더 소중한 것을 잃어버리게 됩니다. 꿈은 잠시 옆에 두고 눈앞의 소중한 것을 대한다면 깜짝 선물과도 같이 꿈을 이루게 될 수도 있답니다."

Healing & Therapy

키시는 자신의 꿈을 잠시 옆에 두고 눈앞의 소중한 사람들, 남편과 아이들을 위해서 하루 하루를 즐기며 열심히 노력했습니다.

그에 대한 보상으로 그녀가 전혀 예상 못했던 최고의 형태로 꿈이 이루어진 것이라 생각합니다.

제3장

성공을 부르는
8가지 이야기

실패를 두려워 말고 도전하라

혼다 소이치로 이야기

세계적인 자동차 브랜드 '혼다' 의 창업자,
혼다 소이치로의 이야기입니다.

혼다 소이치로는 어린 시절 글을 읽고 쓰는 것을 싫어했고, 공부도 못하는 열등생이었습니다. 하지만 기계 만지는 것을 너무나 좋아했습니다. 그래서 혼다는 고등소학교를 졸업한 후 마을의 수리공장에 견습 직원으로 일하게 되었습니다.

그렇지만 바로 자동차 수리를 할 수 있었던 것은 아닙니다.

견습 직원인 혼다의 손에 주어진 것은 스패너가 아닌 걸레 한 장이었습니다. 아침부터 밤까지 공장 청소와 갓난아기 돌보는 것이 혼다의 일이었습니다. 그 생활이 1년 반 동안이나 계속되었습니다. 혼다는 이런 힘든 상황에 지쳐 몇 번이고 도망치려고 생각했었다고 합니다. 하지만 그 고된 생활이 있었기 때문에 훗날 건조한 사막이 물을 빨아들이듯이 자동차의 지식과 기술을 잘 흡수할 수 있었다고 그는 말합니다.

시간이 흐르고, 혼다는 더 좋은 엔진을 만들고 싶다는 생각에 28세 때 정기제인 공업고등학교에 입학하여 기계공학의 기초를 다졌습니다. 좋아하는 것이 생기면 납득할 수 있을 때까지 필사적으로 몰두했던 그는, 얼마 후 '세계에 널리 알릴 수 있는 자동차를 만들고 싶다'는 꿈을 가지게 되었습니다. 그런 그에게 주변 사람들은 어이없어하며 웃어댔지만 혼다는 진심이었습니다.

그는 직원들에게도 늘 이렇게 말했습니다.

"도전하여 실패하는 것을 두려워하는 것보다 아무것도 안하는 것을 두려워 하라."

작은 마을의 이름 없는 공장에서 일하던 청년, 이렇다 할 학력도 없던 젊은 남자의 열의와 노력은 마침내 훌륭한 꽃을 피웠습니다. 혼다가 만든 자동차가 세계를 누비게 된 것입니다.

Healing & Therapy

저는 혼다 소이치로의 이 말을 좋아합니다.

"세상 사람들은 나를 성공한 사람이라고 하는데 당치도 않은 말이다. 내가 한 일의 99%는 실패였다. 성공한 것은 겨우 1%에 지나지 않는다."

혼다는 항상 불가능해 보이는 일에 도전하는 사람이었습니다. 그래서 실패도 많았습니다.

하지만 도전하지 않으면 성공도 없습니다. 실패하더라도 그
실패를 통해 배운다면 실패는 성공을 위한 재산이 됩니다.

성공은 실패를 두려워하지 않는 도전정신과 실패에서 배운
현명함에서 생기는 것입니다.

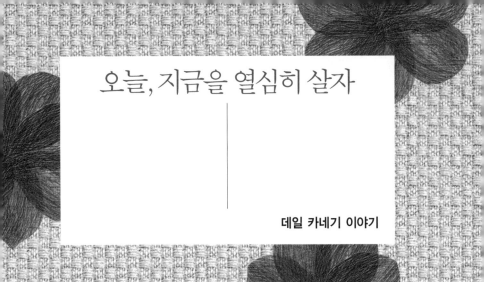

오늘, 지금을 열심히 살자

데일 카네기 이야기

《카네기 행복론》, 《카네기 인간관계론》의 저자로 잘 알려진
데일 카네기가 어떻게 성공했는지를 보여주는 이야기입니다.

데일 카네기는 주변에서 흔히 볼 수 있는 평범한 샐러리
맨에서 독보적인 길을 걸어 성공한 사회교육가입니다.

카네기는 미국 미주리 주의 가난한 농가에서 태어났습니
다. 부모님은 하루에 16시간씩 힘들게 일했지만 늘 빚에 쫓
기는 신세를 면치 못했습니다. 밭은 저당잡혀 있어 아무리
일을 해도 이자를 갚는 것조차 힘든 생활이었습니다.

카네기는 새로운 활로를 찾기 위해 뉴욕으로 떠났습니다.

그러나 뉴욕에서도 카네기는 너무나 불운한 청년의 삶을 보내야만 했습니다. 평소 좋아하지도 않았던 트럭 판매 일은 잘 되지 않았고, 매일 밤 실망과 고민, 고통, 편두통을 안고 지친 몸을 이끌고 고독한 방으로 돌아갔습니다.

값이 싸고 허름한 하숙집에는 바퀴벌레가 무리를 지어 살았습니다. 그는 바퀴벌레가 둥지를 튼 불결한 식탁에서 음식을 먹어가면서 고민했습니다.

'이대로 내 인생은 끝나는 것일까?'

미래에 대한 아무런 희망도 보이지 않는 나날은 고통 그 자체였습니다.

이 비참한 상황에서 벗어나기 위해 그는 결단을 내리고 실행에 옮겼습니다. 제일 먼저 한 일은 그동안 마지못해 하고 있던 트럭 판매 일을 그만두는 것이었습니다. 그리고 야간학교의 성인 클래스에서 스피치 방법을 가르치며 생활하기 시작했습니다. 덕분에 낮에는 책을 읽을 수 있고 틈틈이 책을 쓸 수도 있었습니다.

그것은 그가 오랜 시간 동안 그토록 간절히 소망했던 꿈이었습니다.

그는 야간학교에서의 강의 일을 찾아 그 수업을 위해 최선의 준비를 하고 언제나 열의를 다해 가르쳤습니다. 수강생들은 카네기의 교실에서 자신의 문제를 해결하고 자신감을 얻어갔으며, 카네기도 회사에서 승진과 진급을 거듭하게 되었습니다. 그렇게 카네기는 강사로서의 지위도 점점 향상되어 갔습니다.

그는 학생들을 가르치면서 여러 저서를 연구하고 수강생들의 경험을 통해 배운 것들을 가지고 수업 텍스트도 직접 만들었습니다. 그것이 훗날 책으로 출판되어 세계적인 베스트셀러가 된 《카네기 인간관계론》입니다.

평범한 사람이었던 그가 성공할 수 있었던 것은 매일 부지런히 노력하고 연구를 계속했기 때문입니다. 그 성과로 그의 책은 세계적인 스테디셀러가 되었고 지금까지도 많은 사람들에게 영향을 주고 있습니다.

Healing & Therapy

성공을 위해서는 시간을 잘 사용하는 것이 중요합니다.

카네기는 세계적인 베스트셀러 《카네기 행복론》의 제1장에서

현재의 시간을 최대한 활용하기 위한 방법을 다음과 같이 말하고 있습니다.

"과거와 미래를 쇠로 된 자물쇠로 잠가라.
오늘이라는 테두리 안에서 열심히 살아가라."

돌아오지 않는 과거를 생각하며 끙끙거려봤자 소용없는 일입니다. 오지 않을지도 모르는 미래를 지나치게 걱정하며 우울해하면 앞으로 나아갈 수 없습니다.

지금 자신이 할 수 있는 눈앞의 일을 열심히 하는 것!
오늘, 지금의 일을 전력을 다해 집중하는 것!
지금을 열심히 살아가는 것!
그러면 길은 반드시 열릴 것입니다.

포기하지 않는 열정

라이트 형제 이야기

"하늘을 날고 싶어!"
하지만 그것은 긴 시간 동안 단지 꿈에 불과했습니다.
20세기가 되어서도 많은 사람들이 하늘을 나는 꿈은
'과학적으로 불가능한 일' 이라고 주장했지만
변함없이 하늘을 날고 싶다고 간절히 소원하는 형제가 있었습니다.

형제는 본업인 자동차 가게의 일을 하는 한편, 하늘을 날 기 위한 공부와 연구를 거듭하며 실험을 반복했습니다. 실험은 실패를 거듭했지만 그들은 결코 포기하지 않았습니다.

한편 정부에서 수개월 전부터 시작된 미국 육군 비행실험 역시 계속 실패했습니다. 우수한 연구자와 기술자들을 불러 모으고 막대한 자금을 쏟아부었지만 성공하지 못했습니다. 외국에서도 비행실험의 실패로 추락사한 사람의 이야기가 들려왔습니다.

그런 일이 있을 때마다 형제는 점점 용기가 없어졌습니다. 자신들이 '정말로 무모한 짓을 하고 있는 것은 아닌가' 하는 생각이 들었습니다. 하지만 그들은 포기하지 않았습니다. 어렵고 빠듯한 형편에도 공부에 공부를 거듭하였고, 마침내 직접 만든 실험용 비행기를 완성했습니다.

드디어 공개 실험의 날이 다가왔고 형제는 그 실험을 알리는 전단지를 매스컴에 뿌렸습니다. 하지만 공개 실험 당일 날 구경하러 온 사람들은 다섯 명에 불과했습니다. 그나마 그 다섯 명 중 세 명은 연안 경비대원이었고 한 명은 아이였습니다. 기대하고 있던 매스컴 관계자들은 단 한 명도 오지 않았습니다. 어느 누구도 그 실험이 성공할 것이라고 생각하지 않았던 것입니다.

하지만 그 날 1903년 12월 17일, 형제는 세계 최초로 비행기 실험에 성공하였습니다. 그날 라이트 형제는 새로운 역사의 문을 연 것입니다.

Healing & Therapy

인간에게 하늘을 나는 일은 불가능한 일이라 불리는 꿈이었습니다. 하지만 결국 그 꿈은 실현되었습니다. 포기하지 않고 도전한 사람이 있었기 때문입니다. 그 덕분에 지금 우리들은 비행기로 하늘을 날 수 있는 것입니다.

우리들이 가지고 있는 꿈도 지금은 불가능이라고 말할지 모릅니다. 하지만 그 꿈은 실현할 수 있습니다. 그리고 그것으로 인해 누군가는 분명 행복해질 것입니다.

실패와 성공의
단 한 가지 차이

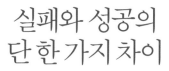

《세상에서 가장 위대한 상인》이야기

미국의 작가 오그 만디노는
전 세계에 2800만 권 이상의 자기계발서를 발행한 작가입니다.
그의 최초 작품인 《세상에서 가장 위대한 상인》을 통해서
성공비결을 배워봅시다.

궁전에 솟아 있는 돔의 제일 꼭대기에는 아라비안의 대부
인 하피드의 보물이 있었습니다. 그곳에는 30년이 넘는 시
간동안 밤낮으로 두 명의 위병이 경비를 서고, 하피드 말고
는 누구도 들어갈 수 없었습니다.

"그 방에는 다이아몬드나 금괴가 산더미처럼 쌓여 있을 거야."

"세상에서 가장 진귀한 짐승이나 희귀한 새가 있는 것은 아닐까?"

"외국의 아름다운 여성들이 하피드 곁에서 시중을 들고 있는지도 몰라."

사람들 사이에 확인되지 않은 여러 가지 소문들만 무성했습니다. 그 진실은 과연 무엇이었을까요?

실은 그 방에는 오래된 나무상자 하나만 덩그러니 놓여 있었고, 그 안에는 낡은 두루마리가 담겨 있었습니다. 하지만 그것은 하피드에게는 궁전에 산더미처럼 쌓여 있는 그 어떤 보물과도 비교할 수 없을 정도로 귀중한 것이었습니다. 그 두루마리는 스승에게 물려받은 것으로 하피드를 성공으로 이끌어준 지식과 지혜의 원천이었기 때문입니다.

그리고 여생이 얼마 남지 않은 하피드는 그 두루마리의 계시를 전해줄 현자(賢者)를 찾아 그것을 물려주려고 생각하고 있었던 것입니다.

Healing & Therapy

《세상에서 가장 위대한 상인》은 전미에서 300만 권이나 팔린 베스트셀러가 되어 비즈니스맨은 물론이고 일반인들에게까지 널리 사랑 받은 책입니다. 물론 '낡은 두루마리' 가 실제로 존재하는 것은 아니지만 거기에는 성공과 행복의 문을 열어주는 지식과 지혜의 의미가 숨겨져 있습니다.

그 낡은 두루마리의 제일 첫 장에는 다음과 같은 말이 나와 있습니다.

"실패한 사람과 성공한 사람 사이에는
단 한 가지의 차이가 있을 뿐이다.
습관의 차이가 그것이다."

이것은 오그 만디노의 모든 자기계발서의 일관된 주제이기도

합니다.

그렇습니다. 성공하기 위해 가장 중요한 것은 습관입니다. 좋은 습관을 가지고 있는 사람은 일을 잘 처리하고 인간관계도 좋으며 자신의 꿈을 이룰 수 있습니다. 인생의 성공자가 되는 것입니다.

그러면 성공을 하기 위해서는 어떤 습관이 필요할까요?

여러 가지 습관이 있겠지만 여기서는 지금 당장 실천할 수 있는 효과적인 습관 한 가지만 소개하겠습니다. 그것은 좋은 말버릇을 가지는 것입니다.

좋은 말이란 스스로와 주변 사람들을 행복하게 하는 말이라고 생각합니다. 그런 말에 익숙해지고 자주 사용하다보면 자신의 행동이나 인간관계가 점점 바뀌어갈 것입니다.

예를 들면 '좋아!'라는 긍정적인 말이 있습니다. 이 말을 자주 사용하다보면 긍정적인 마음과 더불어 하고자 하는 의욕이 솟아나게 될 것입니다.

그리고 또 하나는 '고맙습니다.'라는 감사 표현의 말입니다. 자신과 주위 사람들을 행복하게 하는 '좋은 말'이 익숙해지도록 자주 사용하십시오.

당신에게 성공과 행복이 찾아올 것입니다.

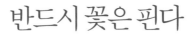

반드시 꽃은 핀다

사카무라 신민 이야기

아이와 어른 할 것 없이 많은 사람들에게 사랑받으며
'치유하는 시인' 이라 불리는 사카무라 신민의 이야기입니다.

사카무라 신민은 1909년 구마모토 현에서 태어났습니다.
여덟 살 때 초등학교 교장이었던 아버지를 여의며 실의와
빈곤의 밑바닥 생활을 시작하게 되었습니다. 여섯 명의 가
족은 넓은 정원이 있던 큰 저택에서 살다가 순식간에 마을
외곽의 작은 초가집으로 옮기게 되었습니다.

그 초가집은 비가 내리면 천정에서 빗방울이 떨어져서 잠
을 잘 수 없을 정도로 열악한 환경이었습니다. 신발은 직접

만들어 신어야 했고, 먹고 살기 위해 어머니의 부업을 도와
야만 하는 가난한 생활이었습니다.

　신민은 5형제 중 장남으로 어머니를 도와 동생들을 돌보
며 힘든 고난을 극복해 갔습니다. 그런 곤궁한 생활 속에서
도 어머니의 뒷바라지 덕분에 신민은 바라던 중학교를 거쳐
대학까지 진학할 수 있었습니다. 그 후 신민은 국어교사를
하면서 시작(詩作)활동에 심취했고, 그 결과 많은 사람들에게
사랑 받는 시를 남기게 되었습니다.

　다음에 소개할 시는 신민이 40세를 넘기고 실명이라는 고
통을 겪고 있을 당시에 만들어진 시입니다. 그는 힘들게 고
생하면서도 자식들을 깊은 애정으로 키워준 어머니의 모습
이 삶을 살아가는 원천이 되었다고 말합니다.

간절히 바라면 꽃이 핀다

간절히 바라면
꽃이 핀다

괴로울 때

엄마가 언제나 말씀하시던

이 말을

어느 새 나도

읊조리고 있다.

그때마다

신기하게도 나의 꽃이

하나씩 하나씩

피어났다.

이 시는 지금까지도 많은 사람들을 위로하며 격려와 용기
를 불어넣어 주고 있습니다.

어느 한 어머니와 아이는 이 시로 인해 다시 한 번 살아야
겠다는 삶의 결의를 다졌다고 합니다. 그 어머니는 평소 신
민의 시를 좋아하여 아이에게 자주 들려주었습니다. 그러던
어느 날, 생활이 힘들어지고 내일에 대한 희망마저 잃어버
리면서 어머니는 마지막 선택으로 아이와 함께 생을 마감해
야겠다고 마음먹었습니다. 그런데 바로 그때 아이가 이렇게
말했습니다.

"간절히 바라면 꽃이 핀다."

아이가 신민의 시 한 구절을 혼잣말처럼 중얼거렸다고 합
니다. 어머니는 그제야 퍼뜩 정신이 돌아왔고, 그날 이후 마
음을 고쳐먹고 삶의 의지를 굳게 다지게 되었다고 합니다.

신민은 2006년 97세의 나이로 영면에 들었습니다.

〈간절히 바라면 꽃이 핀다〉는 많은 사람들에게 공감을 불러 일으켰고 그 시비(詩碑)가 일본 전역은 물론 외국에까지 세워졌다고 합니다.

자신의 소원을 말로 소리 내어 말하면 꿈과 목표가 확실해집니다. 마음이 밝아지고 힘도 솟아납니다. 희망이 생기고 더 열심히 노력하겠다는 의욕도 생깁니다.

그런 마음의 변화를 하나씩 하나씩 행동으로 옮기면 원하는 소원들이 이루어져 갈 것입니다.

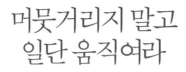

머뭇거리지 말고
일단 움직여라

두드려라. 그러면 열릴 것이다

'이 사람 만나고 싶어!'

여러분은 이런 느낌을 받은 사람이 있습니까?

그런 사람을 만나기 위해서는 어떻게 해야 할까요?

다음의 방법은 당시 서른 살이었던 제자 S군의 이야기입니다.

S군은 어느 잡지에 실린 기사를 읽고는 그 사람에게 마음
이 끌렸습니다.

'이 사람 만나고 싶어!'

그 사람의 강연이 있다는 사실을 알게 된 S군은 도쿄에서
무작정 신칸센 열차에 올라탔습니다. 하지만 열차를 갈아타
고 아오모리현의 히로사키에 도착했을 때는 안타깝게도 이

미 그 사람의 강연이 끝난 뒤였습니다.

"1초라도 좋으니까 한 번만 그 분을 만날 수 있게 해주세요. 부탁드립니다."

S군은 스태프 중 한 사람에게 간절히 부탁했습니다.

그가 그토록 간절히 만나고 싶었던 사람은 사토 하츠메, 85세의 할머니였습니다. 〈지구교향곡(가이아심포니) 제2번〉이라는 영화에 자크 메욜(해양탐험가), 달라이 라마 14세, 프랭크 드레이크(천문학자)와 함께 출연했던 동북지방에 사는 무명의 할머니였습니다.

"지금을 살아가고 있는 우리 한 사람 한 사람의 마음에 어떤 미래를 그리는가에 따라 현실의 지구 미래가 결정된다."

영화는 이런 메시지를 관객들에게 전하며 감동을 주었습니다. 영화의 흥행과 더불어 사토 하츠메가 많은 사람들에게 알려지면서 그녀를 보러 많은 사람들이 찾아왔습니다.

S군도 그 중 한 사람이었습니다.

사토 하츠메를 기다리는 동안 S군은 스태프 관계자들에게

자신의 초등학교 시절의 이야기 등을 하면서 그 사람들과
마음을 터놓을 정도로 친해졌습니다.

사토 하츠메는 그런 S군을 친목회에 초대했습니다. 운 좋
게도 S군은 사토 하츠메 옆자리에 앉게 되었고 무려 3시간
이나 이야기를 나눌 수 있었습니다. 덕분에 강연보다 몇 배
더 값진 이야기를 들을 수 있었다고 합니다.

친목회가 끝난 후 사토 하츠메가 S군에게 물었습니다.

"머물 곳은 있어요?"

"아뇨. 아직 정하지 않았습니다."

"그러면 '숲의 이스키아' 로 오세요. 우리들이 묵는 곳이에요. 뭐랄까, 당신은 '두드려라. 그러면 열릴 것이다.' 와 같은 사람이군요."

사토 하츠메는 그렇게 말하며 웃었다고 합니다.

S군의 행동력은 정말 놀라웠습니다.

누군가를 만나고 싶을 때에는 마냥 기다리고만 있으면 만날 수 없습니다. 어떻게든 꼭 만나고 싶다면 자신이 시간과 돈을 들여 만나러 가면 됩니다.

멀리서 찾아 와서는 "1초라도 좋으니 만나게 해주세요."라고 고개 숙이며 말하는 당신을 보고 '도대체 어떤 사람일까?' 하는 호기심으로 당신을 만나 줄지도 모릅니다.

"두드려라. 그러면 열릴 것이다."(마태복음 7장 7절)

구하면 얻을 것입니다.

찾으면 발견할 것입니다.

문을 두드리면 열릴 것입니다.

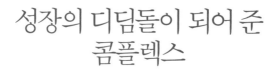

성장의 디딤돌이 되어 준
콤플렉스

타케다 테츠야 이야기

배우이자 가수인 타케다 테츠야의 무명 시절 이야기입니다.

타케다는 어린 시절부터 콤플렉스 덩어리였다고 합니다.

가난한 담배 가게 아들로 태어나 언제나 같은 옷만 입었고, 긴 몸통에 짧은 다리를 가진 그의 고등학교 시절의 별명은 '괴물' 이었습니다. 여자 아이들에게 인기가 없었던 것은 당연했습니다.

그는 대학을 나온 후 친구들과 '가이엔타이' 라는 밴드를

결성해서 활동했고, 자신들의 삶과 어머니를 향한 마음을 노래한 〈어머니께 바치는 발라드〉란 곡으로 큰 인기를 얻었습니다.

하지만 그 후에도 여전히 불우한 삶을 살아갔습니다. 생활은 절박했고 자신의 재능에 의문을 느끼며 콤플렉스로 늘 괴로워했습니다.

그런 타케다가 콤플렉스와 교제하는 방법을 배우게 된 것은 타카쿠라 켄 주연의 〈행복의 노란 손수건〉이라는 영화에 출연하면서입니다. 그 영화를 찍으면서 야마다 요지 감독에게 호된 훈련을 받은 것이 계기가 되었다고 합니다.

촬영장면 중에는 설사를 해서 휴지를 받아가는 장면이 있었습니다. 타케다는 엉덩이를 부여잡고 열심히 달리는 연기를 했습니다. 주변 사람들은 요절복통하며 웃어댔습니다. 하지만 야마다 감독은 웃지 않고 말했습니다.

"지금 너의 연기는 아주 천박해."

그 장면을 15번이 넘도록 반복해서 찍게 되면서 타케다는 침울해졌습니다. 평소의 콤플렉스가 분출되어 나왔고, 다음 날 촬영에 또 나가야 된다는 생각에 너무도 두려워서 매일 밤 술을 마셔댔습니다.

그때, 평소 존경하던 타카쿠라 켄 선배가 타케다에게 말했습니다.

"너는 좋겠다. 감독님은 항상 너만 보잖아. 감독님은 가능성 있는 사람에게만 그렇게 호되게 가르치는 거야."

타케다는 켄 선배의 그 한 마디에 큰 힘을 얻게 되었습니다.

"나에게 있어 콤플렉스를 극복하는 것은 그것을 물리치는 것이 아닌 잘 교제해 나가는 것이었습니다. 한쪽에는 콤플렉스가 있고 다른 한쪽에는 기쁜 생각이 쌓여 있는 저울의 밸런스를 맞춰 살아가는 방식이 저의 콤플렉스를 극복하는 방법이었습니다."

타케다는 선배의 따뜻하고 상냥한 말을 다른 한쪽의 저울에 올려놓으면서 밸런스를 회복할 수 있었고 마침내 그 역을 훌륭히 연기했습니다.

완성된 영화 〈행복의 노란 손수건〉은 제1회 일본 아카데미상 최우수작품상(1978년), 제51회 키네마준보상 등 각종 상을 모두 휩쓸었습니다.

이를 계기로 타케다 테츠야는 배우로서 높은 평가를 얻으며 신경지를 개척해 나갔습니다. 특히 드라마 〈3학년 B반 킨파치 선생님〉(1979)의 주연을 맡아서 킨파치 선생님 역을 너무나도 훌륭하게 소화하여 최고의 인기를 얻었으며, 타케다 테츠야가 만든 주제가 〈보내는 말〉도 빅 히트를 기록했습니다.

고민이나 콤플렉스는 누구나 가지고 있습니다.

버릴 수 없다면 친구처럼 잘 사귀어 보세요.

고민이 있기 때문에 자신을 더욱 성장시킬 수 있는 것입니다.

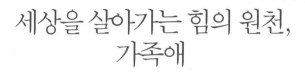

세상을 살아가는 힘의 원천, 가족애

야마모토 이치리키 이야기

소설가 야마모토 이치리키가 '나오키상'을 수상했을 때
그에 관한 에피소드가 잡지나 신문에 소개되며 화제가 되었습니다.
저도 그 기사를 읽고 감동받았던 기억이 있습니다.
바로 그 야마모토 이치리키의 이야기입니다.

"소설을 써서 빚을 갚을 거야."

야마모토 이치리키가 부인인 에리코에게 이 말을 꺼냈을
당시, 그들은 무려 20억 원의 빚을 떠안고 있었습니다. 게다
가 야마모토 이치리키는 그때까지 단 한 번도 소설을 써본
경험이 없었습니다.

모자가정에서 자란 그는 중학생 때 엄마와 여동생과 함께

고치에서 상경하여 신문배달을 하며 가족의 생계를 책임져 왔습니다.

16살 어린 부인 에리코는 취미로 시작한 자전거 동호회를 통해서 알게 되었습니다. 에리코는 가족의 강한 반대를 무릅쓰고 이혼 경력이 두 번이나 있는 야마모토와 결혼하여 두 명의 아이를 낳았습니다.

그러던 어느 날 경영해오던 비디오 제작회사가 부도가 나는 바람에 하루아침에 20억 원의 빚을 떠안으며 밑바닥 생활을 시작하게 되었습니다.

"이대로는 아무리 열심히 일해도 빚을 다 못 갚아. 이제부터 소설을 써서 빚을 갚을 거야."

그렇게 말하는 이치리키에게 에리코는 의외로 밝게 대답했습니다.

"알았어요. 그렇게 하세요."

그 후 야마모토 이치리키는 몇 번이나 문학신인상 공모전에 응모했지만 그때마다 보기 좋게 떨어졌습니다. 하지만 에리코는 옆에서 끝까지 그를 믿어주며 격려해주었습니다.

"분명히 잘 될 거예요. 꼭 붙을 수 있을 거예요. 당신이 쓴 소설은 재미있으니까."

그의 나이 53세 때, 마침내 야마모토 이치리키는 나오키 상을 수상했습니다.

"진부한 이야기일지도 모르겠습니다만 저를 믿어준 가족들에게 가장 감사합니다."

수상 후 첫 마디는 아내 에리코에 대한 고마움이었습니다.

수상한 작품 〈붉은 하늘〉은 교토에서 에도 후카가와로 이주하여 새로운 지역에서 가족과 함께 두부가게를 차려 부드러운 고향의 두부 맛을 널리 알려가는 이야기의 시대소설입니다.

"가족을 생각하며 쓰고 싶었습니다. 이런 고난의 시간 이야말로 가족이 단단히 뭉쳐 헤쳐나가면 어떤 역경도 극복해 나갈 수 있다고 믿고 싶습니다."

기자회견장에는 가랑비를 맞으며 후카가와에서부터 자전거를 줄지어 타고 온 가족의 모습이 보였습니다.

밑바닥에서 극복하여 올라온 야마모토 이치리키의 에너

지의 원천은 가족애였습니다.

Healing & Therapy

〈붉은 하늘〉은 야마모토 이치리키의 가족애를 느끼게 해주는
훌륭한 소설입니다.

"가족을 위해 노력하고 가족과 함께 노력한다."

가족을 향한 생각이 힘이 되어 세상을 살아가는 것이라 생각
합니다.

제4장

역경을 이겨내는
8가지 이야기

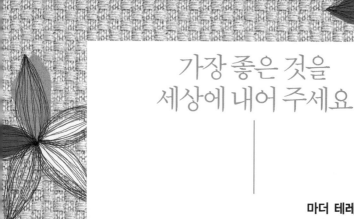

가장 좋은 것을
세상에 내어 주세요

마더 테레사 이야기

마더 테레사 수녀의 이야기입니다.
뒤에 나올 시는 저의 메일 매거진 〈마음의 양식〉에서도 큰 반향을
일으켰던 것으로, 많은 사람들이 자신을 격려하는 말로 삼고 있습니다.

평생을 가난한 사람과 중병에 걸린 사람들을 위해서 헌신
적으로 일하며 그 공으로 노벨 평화상을 수상했던 마더 테
레사, 하지만 그녀도 처음에는 사람들에게 많은 비난을 받
았습니다.

마더 테레사가 인도의 콜카타에서 빈사 상태에 있는 가난
한 사람들을 돌보기 위해 '죽음을 기다리는 사람들의 집'을

만들었을 당시에는 달갑지 않은 눈길을 보내는 사람들이 많았습니다. 왜냐하면 거리에서 죽어가는 사람들을 돌볼 수 있는 시설을 만들기 위해 시청의 관리자들과 교섭하여 제공받은 장소가 하필이면 힌두교 대사원의 일부였기 때문이었습니다. 힌두교 사람들은 자신들의 신성한 사원에서 제멋대로 행동하는 가톨릭 수녀에게 눈살을 찌푸렸습니다.

사람들은 마더 테레사에게 온갖 욕설과 악담을 퍼부었고 심지어는 돌을 던지는 일도 있었습니다. 그런 일들이 마더 테레사에게는 일상다반사가 되었습니다.

그 중에는 이런 말을 하는 남자도 있었습니다.

"당신 죽여 버릴 거야."

그럴 때마다 그녀는 한 발짝도 물러서지 않고 의연하게 받아쳤습니다.

"죽이고 싶으면 죽이세요. 하지만 제가 죽은 후에는 당신이 이 시설에서 저 대신 일을 해야 할 거예요."

시간이 흐르면서 차츰 반대하는 사람이 줄어들었고 오히려 도와주는 사람들이 하나 둘 늘어났습니다.

마더 테레사는 다음의 시와 같은 말을 남겼습니다.

당신의 가장 좋은 것을

인간은 불합리적이고
비논리적이며 이기적인 존재입니다.
그래도 그들을 사랑하세요.

당신이 선을 베풀면
사람들은 당신에게 불순한 의도가 있을 것이라 의심할 것입니다.
그래도 선을 베푸세요.

당신이 목적을 달성하려고 할 때
당신을 방해하는 사람을 만나게 될 것입니다.
그래도 끝까지 해내세요.

당신이 오늘 하는 좋은 일도
내일이 되면 잊혀질 것입니다.
그래도 좋은 일을 하세요.

당신의 정직함과 성실함 때문에
사람들에게 상처를 입을지도 모릅니다.
그래도 정직하고 성실하게 사세요.

당신이 몇 년을 걸려 만든 것이
하룻밤 사이에 무너질 수도 있습니다.
그래도 다시 만드세요.

당신이 도와준 사람이
배은망덕하게 굴지도 모릅니다.
그래도 도와주세요.

당신의 가장 좋은 것을 세상에 내어 주세요.
사람들은 충분하지 않다고 말할 것입니다.
그래도 가장 좋은 것을 내어 주세요.

이것은 마더 테레사가 신에게 계시 받은 메시지가 아닐까 생각합니다. 그녀는 이 말을 받아들이고 스스로를 채찍질하기 위해 글로 써 두었습니다.

아무리 좋은 일을 하고 있어도 언제든 주위의 잘못된 이해와 비난이 생길 수 있습니다. 하지만 그녀는 인간의 어리석음과 추악함을 알면서도 인간을 열심히 사랑했습니다. 힘들고 괴로우며 많은 어려움이 따른다는 것을 각오하고서 죽을 때까지 멈추지 않고 해나갔습니다. 자신의 보잘 것 없음과 약함을 느끼면서도 자신의 가장 좋은 것을 사람들에게 나누어 주었습니다.
마더 테레사는 매일 눈앞의 사람들에게 자신이 가진 가장 좋은 것을 주기 위해 노력한 것입니다.

희망을 버리지 않으면
반드시 길이 열린다

빅터 프랭클 이야기

《죽음의 수용소에서》의 저자로 잘 알려진 빅터 프랭클의 이야기입니다.

1905년 비엔나에서 태어난 빅터 프랭클은 정신과 의사이
자 심리학자였습니다. 유태인이라는 이유로 제2차 세계대전
때 나치에게 붙잡혀 유태인 강제수용소로 끌려갔습니다. 부
모와 부인, 자식 모두가 죽임을 당하고 재산까지 모두 빼앗
겨 무일푼이 되었을 때, 마음속으로 그는 이렇게 중얼거렸
습니다.

'모든 것을 빼앗아갔지만 내 마음의 자유만은 빼앗을 수

없어.'

프랭클은 수용소에서 비인간적인 대우를 받으면서도 언제나 자긍심을 잃지 않고 주위 사람들에게 따뜻하게 말을 건넸습니다. 사람들이 차례차례 죽어나가는 상황 속에서도 그는 몇몇 사람들과 함께 끝까지 살아남았습니다.

강제수용소라는 죽음과 맞닿아 있는 곳에서 프랭클과 그들에게 살아갈 힘이 된 것은 무엇이었을까요?

그것은 바로 '살아서 여기를 나갈 날이 반드시 올 것이다.'라는 희망이었습니다.

강제수용소에 끌려와 절망하며 자살을 결심한 어느 죄수에게 프랭클은 이렇게 말했습니다.

" '당신을 필요로 하는 무언가'가 어딘가에 분명 있고, '당신을 필요로 하는 누군가'도 어딘가에 반드시 있습니다. 그리고 그 '무언가'와 '누군가'는 당신이 발견해주기를 간절히 기다리고 있을 것입니다."

희망은 스스로 찾아내는 것입니다.

아무리 비참한 상황 속에서도 희망을 발견하는 사람은 살아남기 위해 열심히 노력합니다.

그 후 수용소에서 살아남은 프랭클은 그 때의 경험을 책으로 썼습니다. 그 책이 바로 세계의 많은 사람들에게 깊은 감명을 준 《죽음의 수용소에서》입니다.

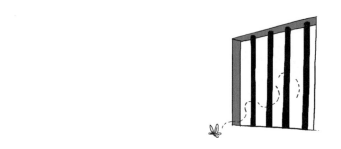

아무리 힘든 시간이라도 희망을 버리지 않으면 길이 열
립니다.

"어떤 상황에서도 인생에 YES라고 말하는 것, 즉 아무리 힘
든 상황에서도 삶에는 의미가 있습니다. 아무리 절망적인 상
황이라도 삶에 대해 YES라고 말할 것입니다."

어떤 인생이라도 그 속에서 희망을 발견하고 그 희망과 함께
살아갈 수 있습니다.
희망을 버리지 않으면 언젠가는 반드시 우리들의 인생에서
멋진 의미를 발견할 수 있을 것입니다.

희망은 인생을 비추는 빛

헬렌 켈러와 앤 설리번 이야기

기적의 인물 헬렌 켈러와
그녀의 스승이었던 앤 설리번의 이야기입니다.

헬렌 켈러는 두 살밖에 되지 않은 어린 나이에 원인불명
의 병으로 청각과 시각을 모두 잃게 되었습니다. 아직 아무
것도 모르는 나이에 그녀는 소리와 빛이 없는 세상 속으로
들어갔습니다.

아무것도 보이지 않고 아무것도 들리지 않고 아무것도 말
할 수 없는 세상. 그것은 상상도 할 수 없는 삼중고의 장애였
습니다.

그녀는 당연히 사물에 이름이 있다는 사실도, 말이 전달
수단이라는 사실도 알지 못했습니다. 식사를 할 때는 음식
을 손으로 집어먹으며 온 주변을 어지럽히고 마음에 들지
않는 것은 마구 던져버리는 짐승 같은 생활이었습니다.

헬렌이 일곱 살이 되자 부모님은 앤 설리번 여사를 가정
교사로 맞이했습니다. 설리번은 대단한 인내력으로 헬렌을
가르쳤습니다. 설리번은 헬렌의 손바닥에 글씨를 적어가며
말을 가르쳤습니다. 어린 소녀였던 헬렌은 설리번의 노력에
점점 그 의미를 깨달아갔습니다.

그러던 어느 날 기적 같은 일이 일어났습니다. 헬렌이 양
손으로 물을 떠받들고서는 소리쳤습니다.

"무- 무-"

그것은 그녀가 사물에 이름이 있다는 것을 깨닫고 그것을
말로 표현해낸 순간이었습니다. 그리고 그녀가 세상에서 희
망을 발견한 순간이기도 했습니다.

헬렌은 청각과 시각장애자로서 전 세계에서 처음으로 대
학에서 교육을 받았습니다. 그리고 강연이나 저술활동 등을

통해 세상 사람들에게 희망을 준 인물이 되었습니다.

"희망은 인간을 성공으로 안내하는 신앙이다.
희망이 없다면 아무것도 성취할 수 없다."

사람들은 모두 삼중고의 어려움을 극복한 위인 헬렌 켈러
를 '기적의 인물' 이라 부르지만 그녀 옆에서 50년 동안 가르
치며 이끌어준 앤 설리번이야말로 '기적을 만들어낸 인물'
이었습니다.

앤 설리번도 비참한 어린 시절을 보냈습니다. 그녀는 가
난한 아일랜드계의 이민자 자녀였습니다. 어머니는 설리번
이 여덟 살 때에 죽었으며 아버지는 알코올중독자였습니다.
아무도 돌봐줄 사람이 없었기 때문에 설리번과 남동생 지미
는 나라에서 운영하는 구빈원에 보내졌습니다.

술과 마약중독자, 병든 사람과 정신병자들이 우글대는 구
빈원에서 어린 두 남매는 악몽 같은 날들을 보냈습니다. 결
국 남동생 지미는 구빈원의 열악한 환경 속에서 죽고 말았

습니다. 설리번도 눈의 질병으로 시각에 이상이 왔고 통합
실조증(정신분열병)에 걸려 의사마저 완전히 포기한 상황이었
습니다.

그러던 어느 날 그 곳을 시찰하러 온 한 복지사업가의 도
움을 받아 구빈원을 나가게 되었고, 그 후 그녀는 맹학교로
보내져 학문을 배울 수 있었습니다.

헬렌 켈러를 처음 만났을 때, 그녀는 스물한 살의 나이로
눈이 완전히 안 보이는 것은 아니었지만 눈을 침투하는 만
성병에 시달리며 학교를 막 졸업한 교사였습니다.

보이지 않고 들리지 않고 말할 수도 없었기 때문에 짐승
처럼 제멋대로 행동했던 헬렌을 다른 교사들은 모두 포기했
지만 앤 설리번만은 달랐습니다. 그녀는 끝까지 헬렌을 포
기하지 않았습니다. 상상할 수 없을 정도의 인내력과 애정
으로 헬렌을 가르치고 이끌어주었습니다.

"그녀는 사람들의 생각을 이끌어내고 따뜻한 감
정을 행동으로 옮기는 것뿐만이 아니었습니다. 자
신 또한 너무도 큰 장애를 가지고 있으면서도 대단

한 위업을 달성했으며, 어두운 먹구름 속에서도 인간은 맑고 아름답게, 그리고 즐겁게 살아갈 수 있다는 것을 사람들에게 가르쳐주었습니다."

아무리 어두운 먹구름 속에서도 희망을 가지고 살아가야 하는 삶의 존엄성을 헬렌에게 가르쳐 준 사람이 바로 그녀의 가장 위대한 스승이었던 앤 설리번이었습니다.

두 사람의 삶은 우리들에게 아무리 힘든 역경에 처해도 절대로 희망을 잃어서는 안 된다는 것을 가르쳐주고 있습니다.

언제나 마음속에 희망을 갖고 있기를 바랍니다.

그리고 자신이 할 수 있는 것을 조금씩 이루어 나가세요.

인생의 지팡이가 되어 준
빨간 허리끈

요시카와 에이지 이야기

힘든 상황에서도 어머니의 애정으로
아이가 지탱해 나갈 수 있었던 이야기입니다.

《미야모토무사시》,《신 헤이케모노가타리》등 일본의 국민
적 문학작품으로 유명한 작가 요시카와 에이지의 유년시절
은 힘든 나날의 연속이었습니다.

　아버지가 사업에 실패하고 병으로 쓰러지는 바람에 그는
초등학교를 중퇴하고 남동생과 여동생들을 위해 상점에서
허드렛일을 해야 했습니다. 그렇게 해서 받은 쥐꼬리만 한
월급과 어머니의 바느질삯으로 근근이 생계를 이어가며 가

정을 지탱했습니다.

요시카와는 청소년시절 여러 직장을 전전하며 고생에 고
생을 거듭했습니다. 그것은 인생의 밤을 방황하는 날들이었
는지도 모릅니다.

요시카와 에이지의 담당 편집자였던 오기야 쇼조는 자신
의 책에 요시카와가 들려준 그때의 이야기를 이렇게 썼습
니다.

"오기야 편집자님, 나는 동시대의 일본인이 겪었던 온갖
경험을 모두 겪었어요. 어떤 의미에서 보면 나의 청소년시절
만큼 참담하고 고뇌에 가득 찼던 적은 없었던 것 같아요. 나
는 강도, 강간, 살인을 제외하고 이 세상에서 겪을 수 있는
거의 모든 일을 경험했어요. 그때마다 절망하며 의욕을 잃은
채 차라리 조직의 무리에 들어가 남은 인생을 짧고 굵게 살
다 가는 것이 낫겠다는 생각을 얼마나 많이 했는지 몰라요.

그럴 때마다 '에이지, 그렇게 살아도 괜찮겠어? 정말로 그
걸로 만족할 수 있어?'라고 채찍질하듯이 나를 이끌며 바른
길로 돌아오게 해 줬던 것은 바로 내 허리에 두른 어머니의
빨간 허리끈이었어요. 빛바랜 어머니의 허리끈이 내 인생의

지팡이가 되어준 덕분에 오늘날까지 크게 흔들리지 않고 세상 속을 건너올 수 있었어요."

그 빨간 허리끈은 열여덟 살인가 열아홉 살이었던 요시카와가 인쇄공장의 직원으로 일하고 있을 때 신문지로 싸여진 소포를 받았는데, 그 소포에 십자 모양으로 묶여 있던 것입니다.

그 당시 요시카와는 아침 일찍부터 밤늦게까지 매일 쉬지 않고 부지런히 일했습니다. 그런 힘든 생활의 연속이었던 어느 날, 고향에 계신 어머니로부터 부친 신문지에 싸인 소포 하나를 받았던 것입니다.

신문지 안에는 요시카와가 좋아하는 책 몇 권과 담배가 들어 있었습니다.

'이 책을 사기 위해 어머니는 얼마나 많은 밤을 지새우며 바느질을 했을까?'

그런 생각이 들자 요시카와의 눈에서 굵은 눈물이 흘러 내렸다고 합니다.

다음 날부터 요시카와는 소포를 둘러싸고 있던 어머니의

빨간 허리끈을 자신의 허리에 묶고 일을 했습니다. 이를 모르는 형제들은 그 빨간 허리끈을 볼 때마다 도대체 어떤 여자의 것이냐며 놀려댔지만 요시카와는 아무 대답 없이 묵묵히 일만 했습니다.

색은 빛바래졌지만 엄마의 사랑이 배어있는 그 허리끈은 그 날 이후의 요시카와의 힘들고 괴로웠던 청년시절을 지탱해주는 버팀목이 되었던 것입니다.

시간이 흘러 그는 유명 작가가 되었고, 그를 아끼는 독자들에게 사인 요청을 받을 때마다 이렇게 썼습니다.

"아침이 오지 않는 밤은 없다."

요시카와 에이지가 힘든 청년 시절 배우고 깨달은 모든 생각이 응축되어 있는 한 마디입니다.

힘들고 고통스러울 때 가족의 애정은 강한 힘이 됩니다.

우리들은 누군가의 애정이 있기 때문에 인생을 걸어 나갈 수
있습니다.

그 중에서도 부모님의 애정이 아이에게 주는 영향은 매우 큽
니다.

자신이 사랑받고 있다는 것을 알고 있는 아이는 인생의 희망
을 가지고 살아갈 것입니다.

지금 여기에서
내가 할 수 있는 일…

나가이 타카시 박사 이야기

저는 지금까지 나가이 타카시 박사의 삶이나
그가 남긴 말에 힘과 도움을 받아왔습니다.
고통스러운 일이나 힘든 일이 있을 때에 나가이 박사의 삶을 생각하면
'그래, 이 정도는 별 일 아니야.' 하고 생각하게 됩니다.

　나가이 타카시 박사는 1908년 시마네 현에서 태어나 나가
사키의과대학을 졸업한 후 방사선의학 연구와 환자들의 치
료를 위해 노력했던 인물입니다.

　그러나 그 때문에 백혈병에 걸려 3년이라는 시한부 선고를
받게 되었고, 설상가상으로 그 직후에 일어난 원자폭탄 투하
로 사랑하는 부인과 모든 재산을 한순간에 잃어버렸습니다.

그는 슬픔의 밑바닥 속에서도 자신이 쓰러질 때까지 인명 구조와 의학의 발전에 온 힘을 다했습니다. 그러다가 결국 쓰러져 병상에 눕게 되었습니다.

하지만 그는 방사선의학자로서 후세를 위해 원폭의 상황을 기록하여 남겨야만 했고, 아내가 죽고 난 후 혼자서 어린 두 자녀를 부양하기 위해서 생활양식도 구해야했습니다. 그러나 그는 무엇보다도 살아갈 날이 얼마 남지 않은 아빠로서 아이들에게 생활양식 이상의 것을 남겨주고 싶어 했습니다. 그는 자신이 할 수 있는 것이면 무엇이든 하려고 했습니다.

"이 세상의 모든 사람에게는 각자 해야 할 일이 있습니다. 병에 걸린 사람도 이 세상에서 아직 해야 할 일이 있기 때문에 살아가고 있는 것입니다. 저는 목숨이 다하는 순간까지 여러 가지를 공부하여 어떻게든 제가 할 수 있는 일을 찾아내어 일할 것입니다."

일어나지 못하고 누워만 있는 그가 할 수 있었던 단 하나의 일은 글을 쓰는 일이었습니다.

'할 수 있는 한 일을 할 것이다. 팔과 손가락은
움직일 수 있으니 글 쓰는 일을 할 수 있다. 내가
지금 할 수 있는 일은 글을 쓰는 일밖에 없다.'

하지만 그에게는 더 이상 책상에 앉아서 글을 쓸 체력도
남아있지 않았습니다. 반듯이 누운 채로 판자조각에 원고지
를 고정시키고 진한 연필로 한 자 한 자 원고지 칸을 채워갔
습니다. 그리고 단기간에 경이적인 양과 질의 두꺼운 책을
계속 써내려갔습니다.

《나가사키의 종》, 《이 아이를 남기고》, 《로사리오의 구슬》
등 많은 책이 출간과 동시에 베스트셀러가 되었습니다.

그 책들과 함께 나가이 타카시 박사의 사고방식과 삶은
영화와 노래로도 만들어져 패전으로 슬픔에 잠긴 많은 일본
인들에게 힘이 되고 희망을 주었습니다.

그는 팔도 손가락도 움직일 수 없게 될 때까지 계속 글을
쓰다가 그로부터 5일 후 세상을 떠났습니다. 몸을 움직일 수
없게 된 그가 할 수 있었던 일은 그리 많지 않았습니다. 시한

부 선고를 받고 글을 쓸 수 있는 시간도 얼마 남지 않았지만 그런 환경 속에서도 그는 자신이 할 수 있는 일에 최선을 다해 노력했습니다.

평화를 기도하고 사랑으로 살았던 나가이 타카시 박사의 삶을 통해 현대의 아이들이 용기와 사랑을 가지고 행동하고 평화를 위해 공헌하는 숭고함을 배울 수 있기를 바랍니다.

내리막길과
오르막길의 차이

사다 마사시 이야기

나가사키 출신의 싱어 송 라이터인 사다 마사시의 이야기입니다.

나가사키에는 언덕이 많습니다.

언덕에는 두 가지의 길이 있습니다. 오르막길과 내리막길입니다. 언덕길의 중간에 서서 자신이 향하는 방향에 따라 오르막길과 내리막길이 정해집니다. 오르막길이 될지 내리막길이 될지는 자신이 걸어가는 방향에 따라 정해지는 것입니다.

실제 언덕길이라면 오르막길은 다소 힘들고 내리막길은

편할 것입니다. 하지만 인생의 언덕은 그렇지 않습니다. 오르막길을 걷는 쪽이 힘은 들어도 즐겁고 보람이 있습니다. 왜냐하면 그 끝에는 자신의 꿈이 펼쳐져 있기 때문입니다.

싱어 송 라이터인 사다 마사시는 꿈을 좇아 오르막길의 인생을 살고 있는 사람입니다.

그는 젊은 시절 〈장강長江〉이라는 영화를 제작했습니다. 중국을 좋아했던 그는 그 영화를 만드는 것이 오랜 꿈이었습니다. 하지만 결과적으로 영화는 흥행에 실패했고, 300억 원의 빚을 지게 되었습니다. 단숨에 밑바닥으로 전락해버린 것입니다.

그가 대단한 것은 거기서 약해지지 않고 다시 오르막길을 오르기 시작한 것입니다. 본업인 가수로서 노래를 만들고 불렀습니다. 데뷔 30주년에는 무려 3000회의 콘서트를 했다고 합니다. 그렇게 조금씩 빚을 갚아 나갔습니다.

"빚이 없었다면 이 긴 시간 동안 노래를 만들고 부르지 못했을 것입니다.

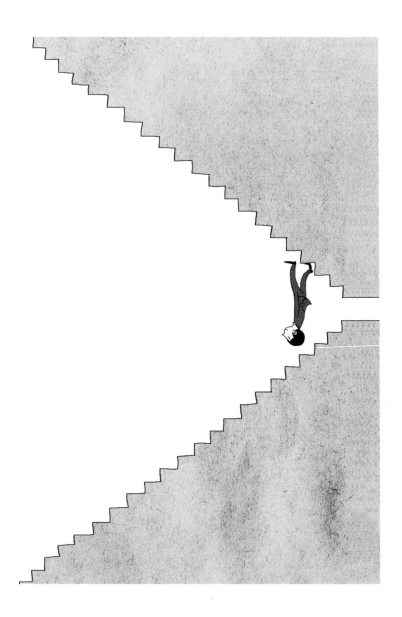

〈장강長江〉의 실패는 나에게 오히려 약이 되었습니다.

이것을 통해 나의 꿈을 이뤘고 그 후의 창작활동에 있어서 제 에너지의 원천이 되었으니까요."

언덕길에서 굴러 떨어졌을 때 위를 쳐다보면 오르막길이 계속됩니다. 만약 제일 밑바닥에 있다면 눈앞에 펼쳐진 길은 오르막길뿐일 것입니다.

오르기 시작할 것인지 아니면 그대로 서 있을 것인지는 자신의 결정에 달려있습니다. 오르막길 끝에는 분명 자신을 기다리고 있는 것이 있을 것입니다.

오르기 시작하면 바라보는 풍경이 변해갈 것입니다.

분명 여러분 앞에 굉장한 풍경이 펼쳐질 것입니다.

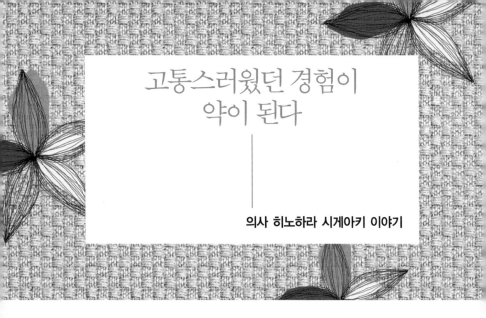

고통스러웠던 경험이
약이 된다

의사 히노하라 시게아키 이야기

세이로카 국제병원 이사장 및 명예원장인 히노하라 시게아키 이야기입니다.

히노하라 시게아키는 세이로카 국제 병원의 이사장 및 명예회장 외에도 많은 직무를 맡아 다방면으로 활동하고 있습니다.

그가 정말로 대단한 이유는 2012년 10월에 101세를 맞이한 현역 의사라는 것입니다. 그는 오늘도 아침부터 밤까지 일하며 몸도 마음도 건강한 삶을 살고 있습니다.

그런 그에게도 무척 힘들었던 시기가 있었습니다.

의학의 길에 뜻을 두고 있던 대학교 1학년이 끝날 즈음 돌연 결핵에 걸리고 말았습니다. 그 당시만 해도 결핵은 죽음의 병이라 여기며 무서워하던 때였습니다. 특별한 치료법도 없이 오랜 시간 고열에 시달리는 투병 생활이 이어졌습니다. 8개월 동안 화장실에 서 있는 것조차 할 수 없는 상태가 계속되면서 결국 대학교를 휴학해야만 했습니다.

'아무래도 의사가 되는 것은 포기해야겠구나.'

'이대로 나는 죽는 것일까.'

매일 천장만 바라보며 절망과 초조함의 나날을 보내야만 했습니다.

하지만 가족들의 헌신적인 간병 덕분에 8개월을 넘기고 나서부터 기적처럼 열이 내리기 시작했고, 차츰 혼자 힘으로 움직일 수 있게 되었습니다. 그렇게 1년간의 긴 투병생활이 끝이 났습니다.

돌이켜보면 그때의 힘들고 고통스러웠던 투병생활이 훗날 의사로서 환자를 대할 때 얼마나 큰 도움이 되었는지 모른다고 그는 말합니다.

　환자의 고통과 슬픔에 다가가는 의사가 되고 싶다는 바람을 항상 마음속에 지니고 있는 것은 자신 또한 비슷한 체험을 하고 힘들게 극복해냈기 때문이 아닐까요.

　"슬픔은 언제나 우리 곁에 있습니다. 하지만 우리 인생길에는 그 슬픔의 수보다 훨씬 많은 기쁨이 기다리고 있습니다.

　나는 그것을 믿고 있습니다."

인생에는 힘든 일만 있는 것이 아닙니다.

즐거운 일도 기쁜 일도 많이 있습니다.

지금 당장은 힘들어도 그 경험이 오히려 도움이 되는 날이

언젠가는 반드시 옵니다.

그 때의 경험이 있었기 때문이라며 웃으며 말할 수 있는 날이

반드시 올 것입니다.

긍정의 힘

〈고요한 밤 거룩한 밤〉의 탄생 비화

크리스마스에 세계에서 가장 많이 연주되고 불려지는
〈고요한 밤 거룩한 밤〉의 탄생 비화를 소개합니다.
이 명곡은 크리스마스이브에 일어난 한 사건으로 인해 탄생되었습니다.

〈고요한 밤 거룩한 밤〉은 약 200년 전 오스트리아 서부의
아름다운 알프스 산맥 가까이에 있는 티롤 지방의 오베른도
르프라는 곳에서 만들어졌습니다.

1818년 12월 24일 아침, 요셉 모어 신부는 교회의 파이프
오르간이 고장난 것을 알게 되었습니다. 쥐가 오르간의 풀
무를 갉아먹은 것입니다. 당장 파이프오르간을 수리해야 했
지만 폭설 때문에 당일 중으로 수리공이 오는 것은 무리였

습니다.

몇 시간 후에 있을 크리스마스이브 심야 미사에 파이프오르간을 사용할 수 없게 될 것은 불을 보듯 뻔했습니다. 이대로는 매년 이날을 기대하고 있는 마을 사람들을 실망시키게 될 것은 물론이고 그 어느 때보다 쓸쓸한 크리스마스이브가 되고 말 것입니다. 모어 신부는 어찌해야 좋을지 몰랐습니다.

한참을 고민하고 있는데, 마을의 어느 가난한 농부의 집에서 아기가 태어났으니 축복기도를 해달라는 연락이 왔습니다. 모어 신부는 일단 농부의 집으로 향했습니다.

갓 태어난 천사 같은 아기를 축복해 준 다음, 다시 눈길을 헤치며 교회로 돌아오면서 모어 신부는 첫 크리스마스 날을 곰곰이 생각해보았습니다.

크리스마스는 지금으로부터 2000년 전에 마구간에서 태어난 예수의 탄생일입니다. 허름한 마구간에는 따뜻한 이불과 침대는 물론 오르간도 없었습니다. 하지만 태어난 갓난아기를 축복하는 별이 빛나고 엄마와 아빠, 그리고 목동들과 동물들이 모두 기뻐해주었습니다…….

그렇게 눈길을 헤치며 교회로 돌아오던 모어 신부의 마음 속에는 예수 탄생의 감동을 표현할 단어들이 떠오르기 시작했고 어느새 한 편의 시가 완성 되었습니다.

그러나 멜로디가 없었습니다. 모어 신부는 어떻게든 심야 미사에서 이 시를 노래로 부르고 싶었습니다. 그래서 급히 초등학교 교사이자 친구인 프란츠 그뤼버를 찾아갔습니다. 작곡을 부탁하기 위해서였습니다.

"프란츠! 이 가사에 곡을 좀 붙여줘. 오늘 심야 미사에서 부를 거야. 오르간이 없어도 상관없어~! 기타 반주에 맞춰 부를 거야."

하지만 오르간 연주자였던 그뤼버는 자신은 기타 연주는 하지 않기 때문에 작곡을 할 수 없다고 거절했습니다. 그러나 모어 신부는 물러나지 않았습니다.

"기타 코드 3개 정도는 알고 있잖아."

그뤼버가 고개를 끄덕이자 모어 신부는 계속 말했습니다.

"그럼 코드 3개 정도만 사용하는 간단한 곡을 쓰면 되지 않을까. 오늘밤 우리들은 새로운 캐럴을 부르는 거야."

결국 그뤼버는 모어 신부의 요청에 따라 곡을 만들기 시작했고 그로부터 1시간도 지나지 않아 마침내 곡을 완성했습니다.

유난히 길게 느껴졌던 하루해가 지고 드디어 크리스마스 이브 심야 미사가 시작되었습니다.

완성된 곡은 기타 반주에 맞춰 모어 신부가 테너, 그뤼버가 베이스를 맡아 2명의 여성과 함께 4중창으로 불렀습니다. 별이 빛나는 성탄 전야의 알프스, 그 알프스 자락의 성당에 울려 퍼진 노랫소리는 마을 사람들을 감동시키기에 충분했습니다.

고요한 밤 거룩한 밤, 어둠에 묻힌 밤.
주의 부모 앉아서 감사 기도 드릴 때
아기 잘도 잔다, 아기 잘도 잔다.

지금까지도 전 세계에서 사랑받고 있는 찬송가 〈고요한 밤 거룩한 밤〉은 이렇게 탄생되었습니다.

불과 몇 시간만에 완성된 노래였지만 크리스마스 노래로서
이만큼 사랑받고 있는 노래도 없을 것입니다.

생각해보면 오르간이 고장나는 사건이 없었다면 이 곡은 탄
생하지 못했을 것입니다.

생각지 못했던 사건에도 굴하지 않고 크리스마스를 모두와
함께 기뻐하고 축하하고 싶어 했던 모어 신부의 간절한 마음
이 이 곡을 낳은 것입니다.

어려운 상황에서도 긍정적인 신념을 가지고 행동하면 놀라운
일이 일어날 것입니다.

제5장

좋은 인간관계를 만드는
8가지 이야기

감사의 말보다 좋은 약은 없다

어느 시어머니와 며느리 이야기

용서할 수 없을 만큼 상대방에 대한 미움으로
괴로워하고 있는 사람들을 위해 소개하는 이야기입니다.

옛날, 사이가 나쁜 며느리와 시어머니가 있었습니다. 시어머니는 잦은 늘 심기가 불편했고, 사사건건 며느리를 구박했습니다.

"우리 며느리는 요령도 없고 게을러서 말이지……."

사람들 앞에서 며느리 귀에 들리도록 험담을 내뱉는 것은 물론이고 일가친척에게까지 소문을 내고 다녔습니다.

"어머니가 잘못하셨네."

남편은 아내 앞에서는 아내 편을 들다가도 병든 어머니 앞에서는 아무 말도 못하는 사람이었습니다.

며느리는 시어머니의 구박을 받을 때마다 더 좋은 며느리가 되어야겠다고 생각하고 더 많은 노력을 했습니다. 하지만 아무리 노력해도 두 사람의 관계는 호전되지 않았고, 며느리도 계속해서 자신을 괴롭히는 시어머니에게 점차 증오심이 싹트기 시작했습니다. 나중에는 차라리 시어머니가 없어졌으면 좋겠다는 생각을 할 정도로 심각해졌습니다.

그러나 한편으로는 그런 못된 마음을 지니고 있는 자신이 여전히 미웠습니다. 그래서 며느리는 더욱 고통스러웠습니다.

그러던 어느 날, 평소 존경하던 스님을 찾아가 자신의 고민을 모두 털어놓게 되었습니다. 며느리의 고민을 듣고 난 스님은 이렇게 말했습니다.

"그렇군요. 당신의 소원을 들어드리지요. 간단한 일입니다. 이 약을 시어머니가 드시는 음식에 조금씩 섞어 넣으세요. 그러면 시어머니의 몸이 점점 약해져서 한 달 정도 지나면 사라져버릴 것입니다."

며느리는 깜짝 놀랐습니다.

"……그 말은 한 달이 지나면 죽는단 말씀이세요?"

스님은 태연하게 말했습니다.

"사람은 누구나 죽음을 향해 가고 있습니다. 누구든지 늙어갑니다. 다만 그것을 조금 빨리 앞당기는 것뿐이지요."

"하지만……."

"단 이 약을 사용할 때에는 한 가지 조건이 있습니다. 이약을 넣은 식사는 음식 맛이 조금 떨어질 겁니다. 그러니 시어머니가 기분 좋게 식사를 하실 수 있도록 식사를 드릴 때마다 어떤 것이라도 좋으니 감사의 말을 하세요."

"감사의 말이라뇨?"

며느리는 식사에 약을 섞는 것보다도 시어머니에게 감사의 말을 해야 한다는 것이 더 어렵게 느껴졌습니다.

집으로 돌아오자 시어머니는 언제나 그랬듯이 잔뜩 화가 난 표정으로 며느리를 기다리고 있었습니다.

"여태 어디서 정신 팔고 온 게냐? 너는 항상 귀가 시간이 늦구나. 정말이지 굼뜨고 요령이 없어서, 아이고 답답해라."

시어머니는 온갖 욕설을 퍼부었습니다.

"죄송해요."

며느리는 머리를 조아리며 용서를 빌고나서 부엌으로 달려가 눈물을 흘리면서 식사 준비를 시작했습니다. 그리고 양심의 가책을 느끼면서도 스님에게 받은 약을 조금만 섞어 시어머니 앞에 내놓았습니다.

스님에게 들은 대로 무언가 감사의 말을 해야만 했습니다.

"어머님……."

"흥, 이게 무엇이냐? 또 똑같은 반찬이냐? 너는 어째 요리가 늘지도 않고 항상 이 모양이냐."

"네. 고맙습니다."

"갑자기 뭔 소리를 하는 게냐?"

"고맙습니다."

"도대체 왜 그러느냐?"

"어머니 저는 정말 요리를 못합니다. 그래서 어머님이 제 요리를 드셔주는 것만으로도 감사하게 생각합니다."

시어머니는 잠시 이상한 표정을 지었지만 이내 수저를 들었습니다. 그리고 묵묵히 식사를 하고서는 젓가락을 놓기

전에 한 마디 하셨습니다.

"오늘 요리는 조금 먹을 만하구나."

며느리는 놀랐습니다. 여태껏 칭찬 한 번 해본 적 없는 시어머니가 처음으로 칭찬을 해줬기 때문입니다.

하지만 칭찬을 한 번 받았다고 해서 지금까지 쌓이고 쌓였던 시어머니에 대한 미움이 단번에 눈 녹듯 없어지지는 않았습니다. 며느리는 스님이 일러준 대로 매일 조금씩 약을 섞어 요리를 하고 시어머니에게 음식을 올릴 때마다 반드시 감사의 말 한 마디도 잊지 않았습니다.

"어머니, 된장국 만드는 법을 가르쳐주셔서 감사합니다."

"어머니, 청소하는 법을 가르쳐주셔서 감사합니다."

"어머니, 재봉 기술을 가르쳐주셔서 감사합니다."

"제가 아직 완벽하게는 못하지만 어머니께 늘 감사해하고 있습니다."

"어머니께서 하시는 말씀들은 모두 저를 위해 하시는 말이라 생각합니다. 감사합니다. 어머니."

며느리는 처음엔 자신이 마음에도 없는 소리를 하는 것이라 생각했습니다. 하지만 신기하게도 매일 감사의 말을 할 때마다 자신의 마음이 조금씩 풀리는 것을 느꼈습니다.

그러는 사이 며느리에 대한 시어머니의 태도도 확실히 바뀌어갔습니다. 우선 며느리를 바라보는 시어머니 얼굴이 온화해졌습니다. 심지어 어떤 날은 다른 사람들에게 며느리를 칭찬하고 다니기도 했습니다.

아들에게 "너는 참 좋은 아내를 뒀구나."라는 말을 했고, 이웃이나 친척들에게도 "우리 며느리는 아들이 선택한 여자

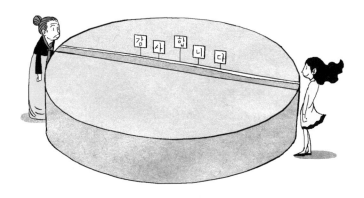

지만 정말 착하고 좋은 며느리라네."하며 자랑을 했습니다.

　그런 모습을 보게 된 며느리도 시어머니에 대한 미움이
차츰 누그러졌습니다. 그뿐만 아니라 잦은 병 때문에 서 있
는 것도, 걸어다니는 것도 힘든 시어머니의 입장이 되어 생
각해보니 지금껏 시어머니에 대한 애정이 부족했던 자신의
모습을 깨닫고 반성하게 되었습니다.

　며느리는 후회가 밀려왔습니다. 시어머니를 건강하게 하
는 것처럼 속여 독살하려고 한 자신의 행동이 너무도 무서
웠고 죄스러웠습니다.

　점점 커져가는 죄책감에 괴로워하던 며느리는 스님에게
달려갔습니다. 그리고 울면서 호소했습니다.

　"스님, 진심으로 잘못했습니다. 제발 용서해주세요. 스님,
제발 제 어머님을 살려주세요. 부디 해독제를 주세요. 부탁
드립니다. 제발 부탁드립니다."

　울면서 부탁하는 며느리에게 스님이 말했습니다.

　"안심하세요. 그것은 그냥 해초가루로 만든 것입니다. 독
이 아닙니다. 해독제를 달라고 했나요? 기억해 두세요. 마음

의 독은 감사하는 마음으로 사라진답니다. 아마도 당신의
마음속에 있던 독은 이미 완전히 없어졌을 것입니다."

감사의 마음은 인간관계를 좋게 하고, 더불어 마음을 정화시
킵니다.
"고마워."
"고맙습니다."
감사의 말을 표현하는 것은 자신에게도 상대방에게도 좋은
일입니다.
상대방의 태도가 변하는 일이 실제로는 그렇게 간단한 것은
아닙니다.
그래도 괜찮습니다.
적어도 자신은 확실히 변하게 될 것입니다.
더욱 편안하고 행복한 마음을 되찾아 갈 것입니다.

칭찬은 사람을 성장시킨다

쿠로사와 아키라 감독 이야기

칭찬을 받으면 아이는 성장합니다.
칭찬을 받음으로써 자신의 재능을 발견하고 꽃을 피웁니다.
영화감독인 쿠로사와 아키라 감독의 어린 시절의 이야기를 소개합니다.

〈7인의 사무라이〉, 〈보디가드〉, 〈붉은 수염〉, 〈삶〉 등 다수의 명작을 만든 거장 감독의 어린 시절은 의외로 울보에다가 공부도 못하고 자주 따돌림을 당하는 아이였다고 합니다.

그랬던 그의 인생에 전환점이 된 사건은 초등학교 3학년 때의 미술 시간이었습니다. 쿠로사와의 그림을 보고 비웃고 있는 반 친구들 앞에서 담임인 타치카와 세이지 선생님이 그의 그림을 크게 칭찬해 준 것입니다.

소년 쿠로사와는 그때부터 자신감이 생겼습니다. 그날 이후 쿠로사와는 미술 시간이 기다려졌고 혼자서도 열심히 그림을 그리게 되었습니다. 덩달아 다른 과목도 흥미를 느끼고 몰두하게 되면서 성적 또한 빠르게 향상되었고 학급의 반장까지 맡게 되었습니다.

그림 그리기를 좋아했던 그는 대학에서 회화를 전공했고, 그 후 영화감독이 되어 다수의 명작을 만들어냈습니다.

특히 교사에서 작가가 된 우치다 햐쿠켄과 제자들의 아름다운 사제애를 그린 그의 유작 〈아직이에요〉의 주인공인 햐쿠켄의 모습은 어린 시절 자신의 은사였던 타치카와 선생님을 표현했다고 합니다.

영화 속 은사가 아이들에게 다음과 같이 말하는 대사가 있습니다.

"여러분 자신이 정말로 좋아하는 것을 찾아보세요. 그것을 찾게 되면 그 소중한 것을 위해 열심히 노력하세요.

　여러분은 노력하고 싶은 그 무언가를 분명 가지
고 있습니다. 그것은 여러분들의 마음이 담긴 멋진
일이 될 것입니다."

칭찬은 어른들도 기쁘게 만듭니다.

자신이 한 일에 대해 자신감이 생기고 스스로에게도 자신감

을 가질 수 있게 합니다.

또한 긍정적인 마음의 의욕이 생겨납니다.

칭찬 받은 일을 좋아하게 되고 점점 열의를 가지고 그 일에

몰두하게 됩니다.

상대방의 좋은 점을 발견하고 마음으로부터 상대방을 칭찬하

는 일, 그것은 좋은 인간관계를 만드는 것 이상으로 소중한 일

입니다.

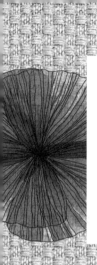

말하는 대로 이루어진다

어느 여성 법무교관 이야기

오래 전에 잡지에서 읽은 실화입니다.
저는 이 이야기를 읽고 말이 가지고 있는 신비한 힘을 깨달았습니다.

홋카이도 오비히로의 특별소년원에 근무하는 여성법무교
관인 K의 이야기입니다.

K는 16년간 소년원에서 카운슬러를 하던 분으로 그녀의
반평생이 소년소녀들의 이야기를 들어주는 일이었습니다.

"몇 번이나 마약을 그만두겠다고 생각했지만 좀체 그만둘
수가 없었어요. 저는 더 이상 안 되나 봐요."

각성제 상습 복용으로 여러 번 소년원에 들어왔던 19세의 한 소년이 고개를 떨구며 몇 번이고 같은 말을 반복했습니다.

소년은 자신은 소년원을 나가면 더 이상 쓸모없는 인간이 될 것이 분명하다고 생각했습니다. 자신은 이미 안 될 사람이라고 몇 번이나 호소했습니다.

하지만 소년의 입에서 문득 새어나온 말 중에 진짜 속마음이 들어 있었습니다.

"선생님, 실은 저도 남들처럼 평범한 생활을 하고 싶어요."

K는 이 말에서 희망을 발견하고 즉시 소년에게 권했습니다.

"그러면 '평범하게 살고 싶다. 평범하게 살고 싶다.'라고 마음속으로 생각하면서 입 밖으로 소리 내어 계속 말해 봐."

"선생님, 그건 무리에요. 여기를 나가면 분명 다시 약을 할 거예요. 결국 평범한 생활은 불가능할 거라고요. 그리고 사실 평범한 생활이 어떤 것인지도 잘 모르겠어요."

"몰라도 괜찮아. 기계적으로라도 '평범하게 살고 싶다.'란 말을 매일 몇 번이고 반복해서 말해 봐."

소년은 확신이 생기지는 않았지만 일단 선생님의 말을 따르기로 했습니다. 그러자 변화가 일어나기 시작했습니다.

K와의 다음 상담시간부터 소년은 각성제의 이야기를 일체 하지 않게 되었습니다.

"어쩐 일이니? 요즘은 각성제 이야기를 하지 않는구나."

"선생님, 저 요즘 그런 것 생각할 여유 없어요. 이곳을 나가면 하고 싶은 일이 너무 많이 생겼거든요."

소년은 눈빛을 반짝이며 말했습니다.

그렇게 소년은 소년원생활을 모범적으로 하여 1년 만에 소년원을 나가게 되었습니다.

마지막 상담시간에 소년이 말했습니다.

"선생님, 선생님이 시킨 대로 하기를 정말 잘한 것 같아요. 그래서 말인데요, 다음에 혹시 저처럼 각성제로 들어오는 사람이 있다면 똑같이 말해 주세요."

소년에게 권했던 방법인 '자신의 소원을 말로 표현하기'는 K 자신이 직접 실천해 오고 있던 방법이기도 했습니다.

그녀는 매일 아침 소년원의 건물 앞 정거장보다 몇 정거장 전에 버스에서 내린 다음 2, 30분을 걸어서 소년원까지 가는 동안 늘 소년들을 위해 소리 내어 기도를 했습니다.

그 이후에도 K는 카운슬링을 통해서 소년들에게 '자신의 소원을 말로 표현하기' 방법을 전해왔습니다.

소년원에 오는 소년소녀들은 대부분 사회의 여러 일들에 휩쓸려 상처를 입고, 그 때문에 사람과 세상에 대한 강한 불신감을 갖게 된 아이들입니다.

'부모를 용서할 수 없어요.', '엄마를 증오해요.'

아이들의 가슴속에는 이런 부정적인 감정들로 가득 차 있습니다. K는 그런 아이들에게 권했습니다.

" '용서할 수 있게 해 주세요.' 라고 입버릇처럼 반복해서 말해 봐."

이것도 곧 효과가 나타났습니다. 그 이후의 상담시간에서 아이들은 눈을 반짝이는 얼굴을 하며 확실히 이전과 달라져 있었습니다.

"선생님, 이제는 그 사람을 용서할 수 있어요."

소원을 소리 내어 몇 번이고 반복하여 말하면 부정적인 마음으로부터 해방될 수 있습니다.

마음이나 행동이 변해가면서 인간적으로 성장해 나갈 수
있게 되는 것입니다.

여러분도 같은 효과를 기대할 수 있습니다.

"~하고 싶다."

"~가 되고 싶다."

구체적인 바람을 몇 번이고 강하게 입 밖으로 소리 내어 말하
는 것입니다.

긍정적인 말을 몇 번이고 반복하다보면 사람은 점점 긍정적
으로 변해갑니다.

잠재의식이 바뀌어 마음이 변하게 됩니다.

행동이 바뀌어 습관이 변하게 됩니다.

운명이 바뀌어 인생이 변하게 됩니다.

그리하여 긍정적이고 좋은 인생을 보낼 수 있게 되는 것
입니다.

입장을 바꾸어 생각하라

호시노 토미히로 이야기

아름다운 꽃의 시화집으로 유명한 호시노 토미히로의 이야기입니다.

1970년 봄, 호시노 토미히로는 대학을 졸업한 후 공립중학교의 체육교사로 부임하였습니다. 하지만 2개월 뒤, 방과후 체육동아리 활동을 지도하던 중 공중제비 시범을 보이다가 머리부터 바닥으로 떨어지는 바람에 목뼈가 꺾이는 사고를 당하고 말았습니다.

다행히 생명에는 지장이 없었지만 그 사고로 목 아래 전신이 마비되어 손발을 사용하지 못하고 머리만 움직이는 신세가 되고 말았습니다.

하지만 그는 절망에 빠져 있지만은 않았습니다. 손대신 입으로 화필을 물고 수채화로 꽃을 그리고 시를 써 넣는 시화에 몰두하게 되었습니다. 결코 쉬운 일은 아니었습니다. 1시간 동안 붓을 물고 있으면 온몸이 돌처럼 굳는 느낌이었고, 한 장의 그림을 완성하는 데 며칠이나 걸렸습니다.

그렇게 완성된 많은 꽃 시화들은 시화집으로 출판되어 지금까지도 많은 사람들을 감동시키고 있습니다.

몰랐었네
이렇게 아름다웠는지
바로 옆에 있어서
몰랐었네

그의 시화 〈삼백초〉란 작품에 덧붙여 쓰여 있는 글입니다.

원래 호시노는 이 삼백초라는 풀을 싫어했습니다. 이상한 냄새가 나며 거무죽죽한 잎에 벌레 같은 빨간 줄기에다가 음침한 그늘에서 자라는 식물이었기 때문이었습니다.

하지만 그가 휠체어 생활을 하게 되면서 삼백초를 보는 관점이 바뀌었습니다.

'나의 부족한 마음으로 꽃을 봐서는 안 되겠구나.'

그 때부터 삼백초가 아름답게 보이기 시작했다고 합니다.

자신의 입장이 바뀌면 사물을 바라보는 관점도 바뀌게 됩니다.

그것은 인간관계에서도 마찬가지입니다.

혹시 누군가를 비난하며 꾸짖고 싶어질 때 자신을 상대방의 입장에 놓아보세요.

상대방에 대한 관점이 바뀔 것입니다.

'내가 똑같은 상황에 있다면?'

'내가 똑같은 입장이라면?'

상대방의 입장에서 생각한다면 그 사람의 실수도 어쩔 수 없었던 것이라고 이해할 수 있게 될 것입니다.

이제껏 보이지 않았던 그 사람의 좋은 점을 발견하게 될지도 모릅니다.

사람을 미워하는 마음은 언제든 생길 수 있습니다.

하지만 사람을 이해하는 마음은 스스로를 인간적으로 풍요롭

고 성숙하게 만들어줍니다.

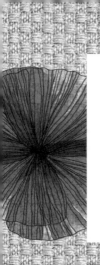

인생의
존재감을 찾는 방법

아그네스 첸 이야기

가수이자 에세이스트이며 교육학 박사인
아그네스 첸의 강연을 들은 적이 있습니다.
그때 들었던 이야기와 책으로 읽었던 내용을 바탕으로 그녀를 소개합니다.

아그네스 첸은 홍콩의 중산계급 가정에서 육남매 중 넷째로 태어났습니다. 그녀의 어린 시절은 의외로 학습을 잘 따라가지 못해 남들에 비해 학습 능력이 떨어졌으며 게다가 자신을 너무도 싫어했다고 합니다. 그 이유는 어린 시절부터 우수했던 언니들과 언제나 비교 당했기 때문이었습니다.

첫째 언니는 모두가 인정하는 미소녀로 여배우가 되었고, 언제나 전교 1등을 놓치지 않는 둘째 언니는 의사가 된 데

반해 셋째 딸인 아그네스는 너무도 평범한 아이였습니다.

주변 사람들은 언제나 두 언니와 아그네스를 비교하였고, 그로 인해 그녀는 언제나 열등감에 시달리며 공부고 뭐고 아무것도 하고 싶은 의욕이 없었습니다.

'나는 이 세상에서 제일 불행한 아이야.'

그녀는 늘 자신을 불행하다고 생각했습니다.

그런 아그네스의 삶에 변화를 가져다 준 것은 그녀가 미션 스쿨인 중학교에 입학하여 시작한 봉사활동이었습니다.

부모님이 없는 아이, 다리가 불편하여 땅바닥을 기어다니는 아이, 음식 쓰레기를 뒤지는 아이…… 이런 아이들을 돌보는 사이 자신도 다른 사람에게 도움이 되고 있다는 것을 알게 되었습니다.

'나의 작은 노력으로도 이렇게 기뻐해주는 사람이 있구나. 내가 어떻게 보여지는지는 이제 아무래도 상관없어.'

그녀가 가수로 데뷔할 수 있었던 것도 봉사활동 때 했던 콘서트에서 스카우트 된 것이 계기였습니다.

홍콩에서 인기를 얻은 그녀는 17세 때 일본에서 〈양귀비〉라는 곡으로 화려하게 데뷔했습니다.

그로부터 30년이 넘도록 그녀는 노래를 통해 난민들을 격려하고 빈곤문제를 사회에 전하는 등의 봉사활동을 기쁜 마음으로 행하고 있습니다.
현재 일본 유니세프 대사로서도 폭넓게 활약하고 있습니다.

그녀의 활동 에너지의 원동력은 역시 중학생 때 체험했던 봉사활동에 있다고 합니다.
'세상에서 내가 제일 불행해.'
'내 자신이 싫어.'
이런 생각들로 가득 찼던 소녀가 사람들에게 도움이 되기 위해 노력하며 변화해갔습니다.
자신도 누군가를 기쁘게 해줄 수 있고 다른 사람들을 행복하게 해 줄 수 있는 존재라는 것을 깨달은 것입니다.

나는 결코 혼자가 아니다

가츠 이시마츠 이야기

프로 복서였던 가츠 이시마츠 이야기입니다.

가츠 이시마츠는 전설의 프로 복서였습니다.

1974년 세계 챔피언이 되고 나서 다섯 번째 방어전 때의 일이었습니다.

그 당시 그는 자만하고 건방진 태도로 방어전 시합을 만만하게 생각하고 있었습니다. 그런 마음가짐으로 폭음과 폭식을 한 탓에 체중이 점점 불어났습니다.

방어전을 3개월 앞두고는 체중이 무려 19kg나 초과되었습니다. 뒤늦게 반성하고 체중을 감량하기 위해 노력했지만 대회 10일 전까지 여전히 10kg이나 과체중 상태였습니다.

결국 대회 날까지 아무것도 먹지도 마시지도 않은 채 로드워크 등으로 하루에 1kg씩 감량해 나갔습니다. 그렇게 일주일을 보내고 대회를 2, 3일 앞둔 시점에는 계단을 오를 힘조차 없을 정도였다고 합니다.

입이 마르고 침조차 삼킬 수 없는 고통이었습니다. 그러던 어느 날, 옆에서 그를 돕던 젊은 친구가 고통스러워 하는 그의 등을 쓰다듬으면서 눈물을 흘렸습니다.

'아! 그도 나에게 꿈을 걸었구나.'

그의 우는 모습을 보며 가츠 이시마츠는 마음을 굳게 먹고서 가혹하고 힘든 고통을 견뎌냈습니다.

마침내 그는 방어전에서 라이트 어퍼컷으로 14회 KO승을 거두며 챔피언 벨트를 지켜냈습니다.

"혼자서는 챔피언이 될 수 없었을 것입니다.
모두의 도움이 에너지가 되었습니다."

가츠 이시마츠는 어린 시절 말썽쟁이 골목대장이었다고 합니다. 몸이 약한 아버지는 일정한 직업이 없었고 어머니가 막노동 일을 하며 가계를 이어나갔습니다. 형제는 4명으로 가난한 형편 때문에 언제나 배를 곯는 궁핍한 생활이었습니다.

중학교 2학년 때, 문제를 일으켜서 아버지와 함께 가정재판소에 가게 되면서 그는 인생의 전환기를 맞이하게 됩니다. 당시 동네 중학생들을 통솔하는 일명 '짱'이었던 그는 누명을 쓴 채 끌려왔습니다.

그 곳까지 보호자로 동행했던 그의 아버지는 자신보다 훨씬 어린 담당관에게 머리를 숙이며 빌었습니다.

"이 아이는 절대로 나쁜 짓을 할 아이가 아닙니다. 제발 용서해주세요. 부모를 끔찍이 생각하는 효자입니다. 부탁드립니다. 제발 부탁드립니다."

아버지는 담당관에게 몇 번이고 머리를 숙이며 빌었습니다. 아버지의 눈에는 어느 새 눈물이 흐르고 있었습니다.

'아버지 죄송해요.'

그도 마음속으로 뜨거운 눈물을 흘리며 그날부로 나쁜 일에서 손을 씻기로 결심했습니다.

    그 날, 집으로 돌아오는 길에 아버지와 함께 처음으로 라면 가게에 들어갔습니다. 아버지는 라면을 한 그릇만 주문했습니다.
    "얼른 먹거라."

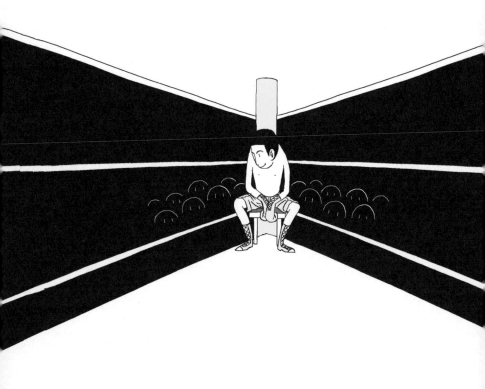

난생 처음 먹어 본 라면 맛에 반한 그는 순식간에 주문한 라면 한 그릇을 먹어치웠습니다.

"맛있어요. 아버지"

아들의 먹는 모습을 지켜만 보고 있던 아버지는 웃으면서 그가 남겨 놓은 라면 국물에 물을 부어 마셨습니다.

순간 가츠 이시마츠는 아버지의 배고픔조차 깨닫지 못했던 자신의 무신경에 화가나 울고 싶었습니다.

'그랬구나! 아버지도 배가 고프셨구나.'

그때 그는 마음속으로 굳게 맹세했습니다.

'나는 반드시 훌륭한 사람이 될 거야. 그래서 부모님을 이 구질구질한 가난에서 벗어나게 해 줄 거야!'

그것이 그가 복싱에 뜻을 두게 된 동기가 되었고, 고통스러운 연습과 가혹한 체중감량도 끝까지 참고 이겨낼 수 있는 힘이 되었습니다.

가츠 이시마츠가 챔피언이 될 수 있었던 것은 가족의 도움, 체육관 사람들의 도움 등 모두의 뒷받침이 있었기 때문입니다.

여러분은 결코 혼자가 아닙니다.

지금 꿈을 좇아갈 수 있는 건 누군가가 나를 돕고 있기 때문에 가능한 것입니다.

꿈이 이루어지는 것도 보이지 않는 많은 사람들의 도움 덕분입니다.

그 사람들의 배려를 깨닫게 되면 감사의 마음이 생기고 힘들 때에도 인내할 수 있는 힘이 솟아나게 됩니다.

포기하지 않고 도전할 수 있는 용기가 솟아나게 되는 것입니다.

향을 싼 종이에선 향 냄새가 난다

버스 안에서 본 작은 배려

얼마 전 오랜만에 버스를 타고 가다가 겪은 이야기입니다.

한여름 밤의 축제가 끝나고 버스는 승객들로 만원이었습니다.

버스가 어느 정류장에 섰을 때 너무 많은 승객들 때문에 승차가 늦어지고 있었습니다. 그 많은 승객들 가운데 80세 정도의 할머니 두 분이 일행인 남성의 부축을 받으며 버스에 올라탔습니다. 그 모습을 보자마자 제 옆에 앉아 있던 아일랜드 사람과 근처에 앉아 있던 스페인 친구가 자리를 양보하기 위해 좌석에서 벌떡 일어났습니다.

엉겁결에 저도 따라서 자리에서 일어나게 되었습니다. 하지만 우리보다 더 빨리 행동한 사람들이 있었습니다. 입구 쪽에 제일 가까이 앉아 있던 젊은 일본인 커플이었습니다.

젊은 남성이 곁눈으로 슬쩍 할머니의 모습을 보고서는 옆에 함께 앉아 있던 여자에게 무슨 말을 속삭였습니다. 그 잠깐의 순간에 두 사람은 누구보다도 빨리 자리에서 일어났습니다. 그리고는 그대로 아무 말 없이 출구 쪽으로 걸어갔습니다.

굽은 허리에다 불안한 걸음으로 버스를 탄 할머니들은 그 커플이 앉아 있던 자리가 비어 있는 것을 발견하고는 수월하게 자리에 앉을 수 있었습니다.

젊은 커플은 자신들이 내릴 장소여서 자리에서 일어난 것이 아니었습니다. 할머니들에게 좌석을 양보하기 위해 자리에서 일어나 출구 쪽으로 자리를 옮겼던 것입니다. 그 커플은 할머니들이 자리에 앉는 것을 곁눈으로 확인하고는 미소를 지은 후 손잡이를 잡은 채 계속 서 있었습니다.

할머니들과 동행한 남자는 그 젊은 커플이 자리를 양보해 준 사실을 몰랐기 때문에 내릴 때까지 그 커플에게 단 한 마디 감사의 말도 하지 않았습니다. 하지만 그 젊은 커플은 그것으로 충분했습니다.

"사람을 행복하게 하는 것은 향수를 뿌리는 것과 같다. 향수를 뿌리면 자신에게서도 향기가 난다."

그 커플이 내린 후에도 버스에서는 좋은 향기가 남아 있는 것 같은 느낌이 들었습니다.

Healing & Therapy

여러분의 사소한 선의나 친절로
배려가 넘치는 아름다운 사회가 되기를 바랍니다.

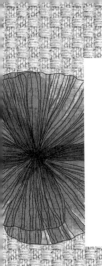

용서하고
또 용서하라

내 이름은 임마꿀레

1994년 아프리카 르완다에서 100일간 약 100만 명이
동족에 의해 학살된 비극적인 사건이 일어났습니다.
이 르완다 대학살에서 살아남은,
당시 대학생이었던 임마꿀레 일리바 기자가 쓴
《살아남다》는 전미에서 베스트셀러가 되었습니다.

임마꿀레 일리바 기자는 '영원한 봄' 이라 불리는 나라 르
완다에서 애정이 넘치는 가족의 품에서 자랐습니다.

하지만 1994년 르완다에서 정쟁에 의한 대학살이 시작되
었습니다. 어제까지만 해도 다정한 이웃이었고 친구였던 사
람들이 하루아침에 돌변하여 도끼나 칼을 들고 덤벼들었습

니다.

"모두 죽여."

학살이 시작되고 살인자들이 무기를 들고 아직 살아 있는 사람들을 찾고 있을 때, 그녀는 한 목사 집의 좁은 화장실에 7명의 여성과 함께 몸을 숨겼습니다.

3개월 동안 소리 한 번 내지 못하고 몸도 마음대로 가누지 못하는 밀실 속에서 공포와 대치하며 그녀는 필사적으로 기도했습니다.

살려달라고 기도하는 것은 당연한 일이었고, 그녀는 마음속에 점점 솟아오르는 살인자에 대한 참을 수 없는 분노를 기도하는 것으로 이겨내고 있었습니다.

'신이시여, 제발 제 마음을 열어주세요. 그리고 어떻게 하면 그들을 용서할 수 있을지 알려주세요. 저는 그들에 대한 증오심을 가라앉힐 정도로 강하지 않습니다. 저의 증오심이 불타올라 저를 파괴해버릴 것 같습니다. 제발 제게 답을 주세요. 어떻게 하면 용서할 수 있을지 방법을 가르쳐 주세요.'

신이 그녀의 필사적인 기도를 들어준 것인지 그녀는 마지막

까지 살아남게 되었습니다. 그녀가 살아남은 것은 기적이었지만 그보다 더 기적적이었던 것은 그녀의 마음속에 자리 잡고 있던 살인자에 대한 분노와 증오가 사라진 것이었습니다.

그 일이 가능할 수 있었던 것은 어느 날 기도 속에서 그녀는 확실히 깨달았기 때문입니다.

살인자조차도 신의 눈에는 신의 자식이며 사랑과 용서를 받는 대상이라는 것을…….

그런 그녀의 마음을 시험 받는 일이 있었습니다.

구출된 그녀는 지인인 지방장관의 뜻에 따라 자신의 어머니와 형제를 죽이고 재산을 빼앗아 갔으며 자신을 죽음의 공포에 빠지게 한 살인자를 보기 위해 형무소에 가게 된 것입니다.

그녀의 마음은 이미 정해져 있었습니다. 그녀는 그에게 단 한 마디를 해 주기 위해 그를 만나러 간 것입니다.

그 살인자를 만나자 그녀는 한 발 앞으로 다가가 살포시 그의 손을 잡으며 말했습니다.

"당신을 용서합니다."

그 모습을 본 지방장관은 분개했습니다. 그는 임마꿀레가 자신의 가족을 죽인 상대를 심문하며 욕설을 퍼붓고 침이라도 내뱉기를 기대하고 있었던 것입니다. 그런데 용서라니요, 도대체 왜 용서를 한 것인지, 어떻게 그럴 수 있는지 이해할 수 없었던 지방장관이 그녀에게 물었습니다. 그러자 그녀는 온화한 목소리로 대답했습니다.

"제가 그에게 줄 수 있는 것은 용서하는 일밖에 없었어요."

현재 임마꿀레는 미국으로 이주하여 사랑하는 남편과 두 명의 아이와 함께 매우 행복한 생활을 보내고 있습니다.

'어떻게 자신이 기적적으로 살아남을 수 있었을까?'

그 물음에 대한 답을 알고 있는 그녀는 뉴욕의 국제연합에서 일하며 학살이나 전쟁의 후유증으로 고통 받고 있는 사람들을 치료하는 활동을 계속해 오고 있습니다.

그녀가 책을 쓴 이유는 먼 르완다에서의 발생한 이 비참한 사건을 단지 우리들에게 알려주기 위함이 아니었습니다. 그녀가 정말로 우리들에게 전하고자 한 것은 그 경험을 통해 얻은 메시지입니다. 그것은 이 세상 모든 사람에게 필요한 것이라고 그녀는 믿고 있습니다.

그녀는 말합니다.
"세상의 모든 사람들은 자신들에게 상처 준 사람들을 용서하는 것을 배울 수 있을 것입니다. 그 상처가 아무리 클지라도 말입니다. 이것의 진실을 나는 매일 보고 있으니까요. 한 사람 한 사람의 마음속에 자리 잡고 있는 사랑이야말로 세상을 바꿀 수 있다고 생각합니다."

Healing & Therapy

이 책은 아프리카 르완다를 무대로 발생한 이야기지만 또 하나의 무대는 독자 여러분의 마음속이라고 생각합니다.
르완다에서 발생한 참극은 지구상 어디에서라도 일어날 수 있습니다. 사람이 사람을 상처 주는 일은 어디에서나 일어날 수 있는 일입니다.

우리들의 주변에서도 일어날 수 있습니다.

우리들의 마음속에서도 일어날 수 있습니다.

이 책을 읽은 여러분은 느낄 수 있을 것입니다.

이 책은 이제껏 마음속에서 피를 흘린 사람과 지금도 상처를
안고 있는 사람들에게 따뜻한 위로의 메시지를 담고 있다는
것을.

우리들을 고통스럽게 하는 증오나 복수심을 극복하기 위해서
는 우리들의 마음속에 있는 모든 선한 힘 즉, 신앙심과 희망
과 용기, 그리고 무엇보다 사랑이 중요하다는 것을 느낄 수
있을 것입니다.

지금 자신에게는 그런 힘이 없다고 생각하는 사람이 있을지
도 모르지만 임마꿀레처럼 자신에게 그런 힘을 줄 수 있도록
기도하는 일은 얼마든지 할 수 있을 것입니다.

제6장

사랑과 풍요를 안겨주는
8가지 이야기

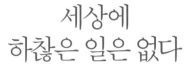

세상에
하찮은 일은 없다

와타나베 카즈코 수녀 이야기

와타나베 카즈코는 일본에서 마더 테레사 수녀님 다음으로 유명한 수녀입니다.

지금 소개할 이야기는 와타나베 수녀님의 젊은 시절,

미국의 수도원에서 수행할 때의 일입니다.

그녀의 아버지는 2.26사건(1936년 2월 26일 일본에서 일어난 청년 장교들의 쿠데타 기도)으로 살해된 교육총감 와타나베 쇼타로입니다.

사건 당시 아홉 살에 불과했던 그녀는 불과 1미터 떨어진 곳에서 아버지가 총탄을 맞고 쓰러지는 것을 두 눈으로 목격했습니다. 그 고통스러운 기억을 가슴에 안고서 성장한 그녀는 29세에 그리스도교의 수도녀회에 입회하였습니다.

이례적으로 36세라는 젊은 나이에 노트르담세이신여자대학의 학장이 된 그녀는 오랜 시간 교단에 서서 제자들의 마음을 지탱해주는 지도를 해 왔습니다. 올해 나이 86세가 되었지만 그녀는 여전히 강연 등으로 전국을 돌아다닐 정도로 대단히 정정하십니다. 또한 《와타나베 카즈코 전집》이 출간될 만큼 왕성한 집필활동을 하고 있습니다.

와타나베 카즈코는 미국의 수도원에서 접시를 정리하는 일을 맡았습니다. 이제껏 외국계 기업에서 열심히 일을 해 왔던 사람에게 매일 접시를 정리하는 일은 너무도 단조로웠습니다.

어느 날 접시를 정리하고 있는 와타나베의 모습을 지켜보고 있던 수련원장이 이렇게 말했습니다.

"와타나베 수녀님, 당신은 무엇을 생각하면서 이 일을 하나요?"

"글쎄요, 딱히 생각하는 게 없는데요."

"저런, 수녀님은 시간을 헛되이 보내고 있군요."

수련원장은 와나타베 수녀를 나무랐습니다. 그리고 이렇

게 말했습니다.

"접시를 하나하나 정리할 때마다 그것을 사용하는 사람들의 행복을 위해 기도하면서 정리를 하는 것은 어떨까요?"

그 말에 와타나베는 크게 놀랐습니다. 지금까지 단 한 번도 그런 생각으로 접시를 정리한 적이 없었기 때문입니다.

그 후 와타나베는 수련원장이 권해 준 그 방법을 순순히 받아들여 실행해보기로 했습니다.

'이 접시를 사용하는 모든 사람들이 오늘도 건강하게 지낼 수 있게 해 주소서.'

'이 사람에게 좋은 일이 더 많이 일어나게 해 주소서.'

'이 사람의 병이 나을 수 있게 해 주소서.'

그러자 와타나베의 마음속에서 점점 큰 변화가 생겼습니다. 접시를 정리하는 보잘 것 없는 단순한 일이 사실은 매우 가치 있는 일이라는 것을 깨닫게 된 것입니다. 그리고 어느 순간 자신도 충실한 마음으로 일을 하고 있다는 것을 느꼈습니다.

와타나베 카즈코 수녀는 말합니다.

"이 세상에 '하찮은 일' 은 없습니다.
우리들이 하찮다고 생각하기 때문에
그 일이 하찮은 일이 되는 것입니다."

Healing & Therapy

'일(仕事)'이라는 단어는 사람에게 봉사한다는 의미를 가지고
있습니다.
어떤 일이든 그 일을 하찮게 여기지 않고 사람들의 행복을 바
라는 마음을 담아 행하세요.
그러면 아무리 작고 보잘 것 없는 일이라도 큰 가치가 있는
일이 됩니다.
그런 사랑을 담은 일이 사람을 한층 더 행복하게 해줄 것입니다.

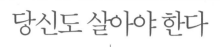

당신도 살아야 한다

미우라 아야코 이야기

《빙점》, 《양치는 언덕》의 작가로 잘 알려진
미우라 아야코의 이야기입니다.

　미우라 아야코는 기구한 운명의 파도를 헤치며 걸어온 작
가입니다.
　태평양전쟁 당시 그녀는 아이들을 가르치는 초등학교 교
사였습니다. 그러나 패전을 계기로 그때까지 자신이 믿고
있던 군국주의 교육에 회의를 느끼고 자기 자신에 대한 신
념마저 흔들리면서 스스로 교단을 내려왔습니다.
　하지만 여전히 마음은 치유되지 않았고 인생에 대한 허무와 절망감 속에서 하루하루 자포자기의 시간을 보내고 있을 뿐이었습니다.

그 후, 24세에 결핵에 걸리면서 13년간의 긴 투병생활이 시작되었습니다.

'나 같은 건 살아야 할 의미가 없어!'

길고도 고통스런 투병생활로 몸도 마음도 병든 그녀는 스스로 목숨을 끊으려고 한 적도 있었습니다. 그때, 소꿉친구였던 마에가와 타다시를 우연히 다시 만나게 되었습니다.

마에가와는 아야코를 다시 일어서게 하기 위해 설득했습니다.

'이 사람이 살아가는 방향을 따라가 볼까?'

말 뿐만이 아닌 진지한 그의 태도에 아야코는 삶을 다시 생각하기 시작했습니다. 독실한 기독교 의학생이었던 마에가와 타다시는 단가와 소설을 쓰는 문학청년이기도 했습니다. 아야코는 마에가와의 영향으로 기독신앙과 단가의 세계에 눈을 뜨게 되었습니다. 그리고 마에가와를 향한 존경의 마음은 어느 새 이성간의 사랑으로 바뀌었습니다.

하지만 또다시 아야코에게 큰 시련이 찾아왔습니다. 너무나 사랑하는 애인이었던 마에가와가 갑작스런 병으로 세상을 등지고 만 것입니다.

또 한 번 인생의 밑바닥에 떨어진 아야코는 엎친 데 덮친 격으로 척추카리에스라는 병을 앓게 되었고, 그로 인해 깁스를 한 채 병원의 침대에 묶여 흘러내리는 눈물조차 닦을 수 없는 상태가 되었습니다.

그런 그녀에게 힘이 되어 준 것은 마에가와가 남긴 유서였습니다. 그 유서에는 자신이 죽더라도 소극적으로 삶을 살아서는 안 된다고 아야코를 격려하는 내용이 적혀 있었습니다. 마에가와는 유서와 함께 자신이 죽은 후의 그녀의 삶을 걱정하며 그동안 아야코에게서 받은 편지도 모두 돌려주었습니다.

'아야코는 이제 어떤 것에도 속박되지 않는 자유입니다. 이것이 내 마지막 선물입니다.'

아야코는 마에가와의 배려심 가득한 사랑에 보답을 결심했습니다.

'그가 살고 싶어 했던 것처럼 나는 그의 의지를 계승하여 살아갈 수 있는 한 살아가리라.'

그리고 마에가와에게 배웠던 단가와 신앙으로 주저앉으려는 마음에 채찍질을 가하며 병마와 싸워갔습니다. 그리하여 다음과 같은 많은 만가(挽歌: 사람의 죽음을 슬퍼하는 노래)가 탄생했습니다.

아내처럼 생각한다고 나를 안아준
그대여 그대여 돌아오라 하늘나라에서

신기하게도 마에가와가 죽은 지 1년이 지났을 무렵, 신앙과 단가가 인연이 되어 죽은 마에가와와 꼭 닮은 청년을 만나게 되었습니다. 그 사람, 미우라 미츠요는 아야코의 만가에 감동을 받았고 그녀를 위해 기도할 정도로 진실한 사람이었습니다.

"신이시여, 제 목숨을 아야코에게 주어도 좋으니 제발 그녀의 병을 낫게 해주세요."

그렇게 마에가와와 미츠요의 지극한 사랑을 받은 아야코는 기적적으로 병이 완치되었습니다. 그리고 마침내 13년의 투병생활에 종지부를 찍고 아야코와 미츠요는 축복의 결혼식을 올리게 되었습니다.

결혼을 하고 잡화점을 운영하며 평범한 주부의 삶을 살게 된 아야코. 그녀가 소설을 쓰기 시작한 것은 남동생이 아사히신문사에서 새로운 소설을 현상공모한다는 사실을 알려준 것이 계기가 되었습니다. 처음엔 한 귀로 흘려들었지만 그날 밤 아야코는 새벽이 다가올 때까지 잠들지 못하고 하룻밤 만에 대강의 줄거리를 완성했습니다.

그 후 아야코는 매일 밤 10시에 가게 문을 닫고 들어와 미츠요가 잠들고 나면 소설을 써 나갔습니다. 영하 20도를 밑도는 아사히카와의 겨울, 그녀는 스토브도 없이 이불을 뒤집어쓰고 차갑게 언 손을 입으로 불어가며 글을 써 나갔습니다.

소설을 쓰기 시작한 지 약 1년이 지난 응모마감 당일, 간신히 원고지 1000장에 가까운 소설을 완성했습니다. 그 소설 《빙점》은 최우수작으로 당선되었고, 아사히신문에 게재된 후 책으로 출판되어 베스트셀러가 되었습니다.

그렇게 탄생한 작가, 미우라 아야코는 77세의 나이로 죽기까지 파킨슨병 등 여러 가지 병과 싸워가면서도 여러 편의 훌륭한 작품들을 세상에 내놓았습니다.

"우리 모두가 주어진 삶을 그저 살아가는 것이 아닌, '살아야 한다' 는 의무라고 여긴다면 우리의 삶의 방식도 자연스럽게 변해갈 것이라고 생각합니다."

'죽으려고 생각했지만 사랑하는 사람들의 살아야한다는 설득으로 병과 싸우면서 그렇게 나는 이만큼 살아왔다.'
'살아야 한다고 생각하면 자신의 인생에도 특별한 의미나 사명과 같은 것이 분명 생길 것이다.'
미우라 아야코는 그렇게 생각하며 살아왔을 것입니다. 그녀는 남보다 몇 배나 큰 삶의 고통을 받아야했지만 살아야 한다는 의미의 기쁨 또한 그 이상으로 맛 본 인물이 아니었을까요.
'살아야 한다는 삶의 의미와 기쁨을 다른 사람에게도 전하고 싶다.'

그녀는 그런 바람을 실현해 가는 일이 자신의 사명이라고 생각하게 되었습니다.

그녀의 문학 작품을 읽고 어떤 위로를 느꼈다면 그녀가 소원하던 바람이 여러분의 마음속 어딘가에 받아들여진 때문일 것입니다.

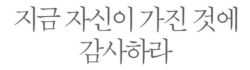

지금 자신이 가진 것에 감사하라

〈거지천사〉 이야기

다음에 소개할 이야기는 스페인에 전해 내려오는 민담입니다.
천사라고 하면 보통 날개 달린 귀여운 아이의 모습을 떠올리겠지만,
실제로는 특별하게 정해진 모습도 없으며 보통은 눈에 보이지도 않습니다.
이 민담에 나오는 천사는 거지의 모습을 하고 나타납니다.

매일 문을 여는 한 신발가게에 어느 날 거지의 모습을 한 천사가 나타났습니다. 가게 주인은 거지의 모습을 보자마자 넌덜머리를 내며 이렇게 말했습니다.

"네가 무엇 때문에 왔는지 알고 있어. 하지만 난 아침부터 밤까지 이렇게 힘들게 일해도 가족을 부양할 돈을 마련하는

것도 힘든 몸이란다. 난 아무것도 가진 게 없어. 내가 가지고 있는 것은 이 싸구려 몸뚱이뿐이야."

그리고는 속삭이듯 작게 말했습니다.

"너 뿐만 아니라 모두가 똑같아. 다들 나에게 무언가를 달라고만 했지 지금까지 나에게 무언가를 준 사람은 눈을 씻고 봐도 없었어."

거지는 그 말을 듣고 대답했습니다.

"그럼 제가 당신이 원하는 것을 주겠습니다. 돈 때문에 힘들어하고 있다면 돈을 주겠습니다. 얼마를 원하는지 말해 보세요."

가게 주인은 그저 재미있는 농담이라고 생각해 웃으며 대답했습니다.

"그래? 그럼 나에게 1000만 원을 줄 수 있겠니?

"알겠습니다. 1000만 원을 주겠습니다. 단, 조건이 하나 있습니다. 1000만 원 대신 당신의 발을 제게 주세요."

"뭐라고? 농담하지 마! 이 발이 없으면 서지도 걷지도 못해. 됐어. 그깟 1000만 원에 내 다리를 팔 것 같아?"

거지는 그 말을 듣고 다시 말했습니다.

"알겠습니다. 그럼 1억을 주겠습니다. 단, 조건이 하나 있

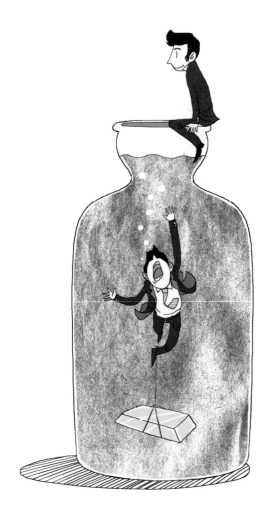

습니다. 1억 대신 당신의 팔을 제게 주세요."

"1억......!? 하지만 이 오른 팔이 없으면 일도 못하고 귀여운 내 아이들의 머리도 쓰다듬어 주지 못해. 이상한 소리 그만해. 1억에 이 팔 안 팔아!"

거지는 다시 말했습니다.

"그럼 10억을 드리겠습니다. 대신 당신의 눈을 주세요."

"10억......!? 이 눈이 없으면 이 세상의 멋진 풍경도, 아내와 자식들의 얼굴도 볼 수 없게 되는데. 절대로 안 돼. 10억에 내 눈 안 팔아!"

그러자 거지는 주인을 가만히 쳐다보고는 말했습니다.

"당신은 조금 전 아무것도 가지고 있지 않다고 말했지만, 실은 돈으로는 바꿀 수 없는 가치 있는 것을 몇 개나 가지고 있군요. 게다가 그것들은 전부 그냥 받은 것이지요......."

거지의 말에 가게 주인은 아무런 대답도 못하고 잠시 눈을 감고 생각했습니다. 그리고 그 말에 깊이 수긍했습니다.

그러자 마음에 따뜻한 바람이 불어오는 듯한 느낌이 들었습니다.

그가 눈을 떴을 때, 거지의 모습은 어디에도 없었습니다.

우리들은 돈과 바꿀 수 없는 가치 있는 것을 많이 가지고 있습니다.

팔, 다리, 눈 등 우리들의 몸은 물론이고 생명, 마음, 지성 등 돈과는 바꿀 수 없는 소중한 것들을 가지고 있습니다.

자신이 가지고 있는 것의 가치를 깨닫고 그것에 감사하며 살아갈 때 마음이 훨씬 풍족해질 것입니다.

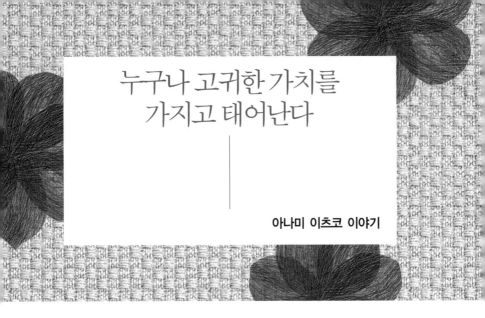

누구나 고귀한 가치를
가지고 태어난다

아나미 이츠코 이야기

제가 작가가 되려고 할 때 힘이 되고 격려가 된 사람의 이야기입니다.

아나미 이츠코!

31세의 나이에 생각지도 못한 난치병인 다발성경화증이 발병하여 십 수년이 지난 후 천국으로 여행을 떠난 사람입니다. 그 병은 신체의 기능을 점점 잃어가다가 나중에는 눈도 보이지 않게 되고 말도 제대로 할 수 없게 되는 무서운 병이었습니다.

그녀에게는 사랑하는 두 아이와 남편이 있었습니다.

그녀가 얼마만큼의 원통함과 슬픔을 짊어지고 극복해왔는지 상상할 수 없을 정도였습니다. 하지만 그녀를 만나본 사람들은 의외로 긍정적이고 밝은 그녀에게서 오히려 힘을 받고 용기를 얻을 수 있었습니다.

그녀가 남긴 글들은 그 글을 읽은 모든 사람에게 용기를 불어넣어 주고 힘을 주었습니다.

"신은 나를 이렇게도 행복하게 살아가게 해 주신다.

사람들의 눈에는 내가 가치 없는 사람으로 보일지도 모르지만, 신에게 사랑받고 있다는 것을 알고 있기에 나는 이렇게 행복하다.

신이 모든 사람들을 얼마나 사랑하는지, 또 모두의 행복을 얼마나 바라고 있는지를 세상에 전하고 싶다.

신은 존재 그 자체이며 생명과 사랑의 전부이기도 하다.

그러니 인간은 모두 한 사람 한 사람 그 신의 사랑에 보답해야만 한다. 진정한 사랑을 가지고 살아나가는 것으로.

그것을 전할 수 있다면 나는 이 세상에 태어난 보람이 있다.

살아 온 보람이 있다. 병을 얻은 보람이 있다.

그리고 아나미 이츠코로서의 보람이 있다……."

―아나미 이츠코, 〈신에게 보내는 편지〉

아나미 이츠코는 주변 사람들에게, 그리고 자신이 할 수 있는 일에 대해 감사할 줄 아는 사람이었습니다.

'Thank You for everything. 모든 일에 정말로 감사드립니다.' 라고 에세이에도 그 마음을 담았습니다.

고통을 안겨준 병조차도 감사하던 그녀는, 자신이 세상에 태어난 귀중한 가치와 사명을 누구보다 선명하게 깨닫게 된 것도 은혜를 받은 것이라고 생각합니다.

우리들도 세상에 태어난 귀중한 가치가 있습니다.

유명하든지 유명하지 않든지, 돈이 많든지 많지 않든지, 건강하든지 건강하지 않든지…….

그런 것들은 인간의 눈에는 중요한 것일지도 모르지만 신의 눈에는 그저 사사로운 것입니다.

한 사람 한 사람이 신에게는 모두 사랑스러운 자식이기 때문입니다.

어린 아이가 부모에게 사랑 받는 것과 같이 자신이 작고 나약

한 존재라는 것을 알면 한층 더 많은 사랑을 받을 수 있을 것입니다.

영원히 기억될 소중한 한마디

절벽 위의 들국화 이야기

오늘 당신이 내뱉는 한마디가
누군가를 행복하게 할 수도 있고 불행하게 할 수도 있습니다.

어느 초등학교에 양호교사 A선생님이 있었습니다.

그녀의 보건실에는 학교에만 오면 배가 아프거나 두통에
시달리는 학생들이 자주 드나들었습니다.

"수업내용을 모르겠어."

"재미없어."

그 아이들은 하나같이 같은 말을 했습니다.

그 중에서도 초등학교 4학년인 K는 A선생님에게 가장 신경 쓰이는 학생이었습니다.

"저는 바보니까요……."

"저는 바보니까요……."

그것이 그의 입버릇이었습니다.

그때마다 A선생님은 K를 위로했습니다.

"너는 바보가 아니야. 못나지 않았어. 좋은 아이야."

하지만 K는 고개를 숙이고만 있었습니다. 아무리 노력해도 K의 마음을 열 수 없는 것이 A선생님의 고민거리였습니다.

K는 밤늦게까지 일하는 바쁜 어머니와 단둘이 살고 있었습니다. 여러 학교를 옮겨 다니다가 1개월 전에 A선생님의 학교로 전학을 왔습니다.

비쩍 마른 몸에 매일 같은 옷을 입고 다니는 K에게 같은 반 아이들은 냄새가 난다며 피해 다녔습니다. 학업성적 또한 구구단도 잘 못 외우고 받아쓰기도 자주 틀릴 정도로 좋지 못했습니다.

분명 안 보이는 곳에서 친구들로부터 따돌림을 당하는 듯했지만 K는 속내를 털어놓지 않았습니다.

그러던 어느 날, K가 교실에서 폭발하는 사건이 일어나고 말았습니다. 같은 반 아이들이 자신의 엄마 욕을 하자 화를 참을 수 없었던 K는 의자를 들어 올려 휘둘러댔고, 그 바람에 몇 명의 아이들이 다치고 말았습니다. 부상이 크지는 않았지만 부상을 당한 아이들의 부모님이 학교에 찾아와 소란을 피웠습니다. 학부모들은 교실에서 폭력을 휘두른 아이와 그 아이를 키운 부모를 절대로 용서할 수 없다며 크게 화를 냈습니다.

결국 K는 그 학교에 더 이상 다닐 수 없게 되었습니다.

전학 가는 날, K는 교실로 가지 않고 A선생님이 있는 보건실로 향했습니다. 손에는 신문지에 싸인 들국화가 들려 있었습니다. 신문지 사이로 흙이 그대로 붙어있는 가느다란 뿌리가 삐져나와 있었습니다.

"학교 오는 길에 절벽 위에 피어 있었어요. 꽃이 너무 예뻐서 오래 전부터 선생님께 주고 싶었어요."

"나에게? 정말 고맙구나."

A선생님이 놀라서 멍하니 있는 모습을 보고 K는 오해했는지 고개를 숙인 채 말했습니다.

"어른이 되어서 부자가 되면 더 좋은 꽃을 사 드릴 게요."

"무슨 소리야? 이것도 너무 예쁜 꽃인 걸. 선생님에게는
이 꽃이 세상에서 제일 좋은 꽃이야."

K가 A선생님의 얼굴을 올려다봤습니다.

"선생님도 이 꽃이 마음에 들어요?"

"그럼, 마음에 들지. K가 준
이 꽃은 모두가 좋아할 거야."

그 말에 K는 고개를 숙였고
바닥에는 눈물이 뚝뚝 떨어졌
습니다. 괴롭힘을 당하고 폭력을
당해도 사람들 앞에서는 절대로 울지
않았던 K가 처음으로 보인 눈물이었습니다.

"선생님, 저는 못난 아이죠?"

"아니야. 너는 좋은 점을 많이 가지고 있는
좋은 아이란다."

A선생님은 웅크리고 앉아 울고 있는 K의 볼
을 양손으로 쓰다듬어 주었습니다. K의 눈동
자는 눈부실 정도로 빛나고 있었습니다.

"선생님, 저 이제부터 엄마를 걱정시키지 않을 거예요. 그리고 열심히 공부해서 선생님 같은 간호사가 될 거에요."

"간호사? 그래, 넌 될 수 있을 거야. 반드시 넌 해낼 거야. 선생님은 널 믿어."

K의 마른 몸을 감싸안은 A선생님의 눈에서도 뜨거운 눈물이 흘러내렸습니다.

그날 이후 A선생님은 K를 만나지 못했습니다.

A선생님은 K가 준 들국화를 잘 말려서 오랫동안 보관했고 그의 소식이 궁금할 때마다 그 꽃을 꺼내어 들여다보곤 했습니다. 그리고 그때마다 K와 그의 엄마가 부디 건강하게 지내기를 조용히 두 손 모아 기도했습니다.

Healing & Therapy

여러분 주변에도 지금 따뜻한 말을 필요로 하는 누군가가 분명 있을 것입니다.

그런 사람들을 위해 따뜻한 말을 건네는 사람, 그 사람이 바로 당신이기를 바랍니다.

"너는 못나지 않아."

"너는 좋은 점을 많이 가지고 있어."

"네가 준 꽃은 모두가 좋아할 거야."

때로는 한 마디 말이 사람들의 마음에 소중한 것을 남깁니다.

때로는 한 마디 말이 사람들의 마음에 힘이 되고 양식이 됩니다.

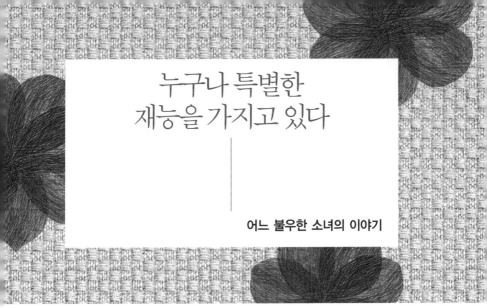

누구나 특별한
재능을 가지고 있다

어느 불우한 소녀의 이야기

NHK의 인기 아나운서였던 스즈키 켄지의 저서 《배려의 추천》에 나오는

〈어느 불우한 소녀〉의 에피소드입니다.

오랜만에 그 책을 꺼내 읽고 또 울어버렸습니다.

스즈키 켄지는 츠가루 구제 히로사키 고등학교 기숙사에서 생활하며 학교를 다녔습니다. 그 당시는 한창 전쟁 중이었고 전쟁이 끝났을 때 그는 18살이었습니다.

어느 날, 한 미국인 목사가 구제 고등학교 기숙사의 리더였던 스즈키를 찾아와서 말했습니다.

"지금 일본에는 고아가 너무도 많습니다. 저희만으로는 역부족입니다. 당신이 함께 아이들을 보살펴주지 않겠습니까?"

스즈키는 마침 어딘가로 봉사활동을 하러 가야겠다고 생각하고 있던 터라 흔쾌히 승낙했습니다.

다음날 아침, 다시 기숙사를 찾아온 미국인 목사를 본 스즈키는 깜짝 놀랐습니다. 아래로는 3살에서 위로는 13살 정도의 부랑아를 무려 68명이나 데리고 온 것입니다.

그렇게 18살의 스즈키는 하루아침에 68명이나 되는 아이들의 아버지가 되었습니다. 하지만 그들에게 당장 제공해 줄 수 있는 것은 여기저기 유리창이 깨져 있는 허름한 군인 막사뿐이었습니다. 스즈키는 매일 아침 3시에 일어나 68인분의 아침식사와 학교에 다니는 아이들의 점심도시락 30인분을 만들었습니다. 그리고 저녁 식사도 만들었습니다.

그 사이 어느덧 츠가루에 겨울이 왔습니다. 허름한 막사는 상상할 수 없을 정도로 추웠습니다. 스즈키가 판자를 덧댄 곳에 이불을 깔고 누우면 그 주변으로 어린 아이들이 몇 명이고 모여들어 함께 잤습니다. 그렇게 서로의 체온으로 추위를 이겨내야했습니다.

스즈키가 돌보는 68명의 아이들 중에 지적발달장애를 가진 한 소녀가 있었습니다. 그 소녀는 자신의 이름과 나이도 모르고 부모님의 이름도, 어디서 왔는지도 몰랐습니다. 13살 정도로 보이는 소녀는 몸이 마르고 등은 굽어 있고, 심지어 귀도 들리지 않아서 거의 말을 할 수가 없었습니다.

그럼에도 그 소녀가 68명 중에서 누구보다도 뛰어난 능력을 발휘하는 일이 있었습니다. 그것은 다름 아닌 빨래였습니다. 68명의 빨랫감을 그 소녀는 매일 아침부터 밤까지 묵묵히 빨았습니다. 세탁기는 구경도 할 수 없는 처지였기에 전부 손빨래를 해야만 했습니다. 때문에 소녀의 손은 살이 트고 상처투성이에다가 동상까지 걸려서 만두처럼 부풀어 올랐습니다.

스즈키는 그런 소녀에게 무언가 보답하고 싶었습니다. 하지만 사탕 하나, 과자 하나 없는 가난한 생활이었습니다.

"고마워."

"언니 고마워요."

스즈키와 어린 아이들이 고맙다고 인사를 할 때마다 소녀는 수줍은 듯 엷은 미소를 지었습니다.

얼마 후, 고아원을 돌볼 새로운 사람들이 오게 되면서 스즈키는 그 고아원을 떠나게 되었습니다. 그가 떠나고 일주일 후, 소녀는 고아원 시설 문 앞에서 자동차에 치여 죽고 말았습니다. 귀가 잘 들리지 않았던 그 소녀는 자동차의 경적소리를 듣지 못했던 것입니다.

스즈키는 이렇게 말합니다.

"불우했던 그 소녀와의 교우를 통해서, 신은 어떤 인간에게든 다른 사람에게는 없는 한 가지의 위대한 재능을 주신다는 것을 알았습니다."

스즈키는 인간의 가치에 대해서도 이렇게 서술했습니다.
'인간의 가치란 어떻게 살았는가 하는 질의 문제에 있다. 그런 의미에서 이 소녀는 실로 대단히 가치 있는 인생을 살았다.'

저도 그렇게 생각합니다.

자신에게 주어진 재능을 사용하여 모두를 위해서 일한 그 소녀는 모두에게 감사받아야 할 대단히 가치 있는 인생을 보낸 것입니다.

'사람을 도와주다.'

'사람을 기쁘게 하다.'

우리들에게도 이와 같은 일을 할 수 있는 위대한 재능이 있지 않을까요?

우리들도 주어진 재능을 사용하여 자신을 살리고 사람들을 위한 일을 할 수 있다고 생각합니다.

재능과 함께 대단히 가치 있는 인생을 보낼 수 있는 힘을 우리들은 분명 가지고 있습니다.

너를 낳길 정말로 잘했어

백혈병에 걸린 아들을 둔 엄마 이야기

독자로부터 자주 메일이나 편지를 받습니다.

그 중 한 사람,

기후현에 살고 있는 야마자키 히토미의 이야기를 소개합니다.

야마자키는 백혈병에 걸린 두 살 난 아들 카즈키를 간병하면서 매일 병원에서 〈빛나는 아이들〉이라는 작은 소식지를 발행하고 있는 어머니입니다. 발행 수는 무려 130호를 넘겼으며, 카즈키가 퇴원하고 1~2주에 한 번씩 통원치료를 받게 된 후에도 소식지 〈빛나는 아이들〉을 계속하여 발행하고 있었습니다.

그 신문에 보잘것없는 제 책들과 저의 말을 실어주시기도

했습니다.

"나카이 작가님의 책 덕분에 많은 용기와 격려, 그리고 애정을 받았습니다. 그 보답이라고 하기에는 부족하지만 대자보의 사본을 동봉하여 보내드립니다. 저 뿐만이 아니라 다른 어머니들에게도 나카이 작가님의 말씀들이 얼마나 큰 도움이 되고 있는지 모릅니다. 나카이 작가님이란 사람과 작가님의 책을 만날 수 있어서 정말로 감사드립니다."

그녀의 편지와 함께 제 책에서 인용한 글이 실린 〈빛나는 아이들〉이 동봉되어 왔습니다.

병원의 한 벽면에 매일 붙여져 있던 A4용지의 손 글씨로 만든 신문. 한 장 한 장 읽고 있으면 마음이 따뜻해졌습니다.

그녀가 선택했던 문장 중 하나를 소개합니다.

사람은
고통이나 슬픔에 단련되어
그 사람만의 빛을 늘여갑니다.

생각지 못한 불행을 경험하고

매일 눈물로 지새우며

죽음까지 생각했지만

지금은 미소 짓고 있는 사람이 있습니다.

그 뺨에 웃음이 되돌아오기까지

얼마나 괴로웠을까요.

얼마나 고통스러웠을까요.

그 눈물의 경험이

그 사람의 미소를 빛나게 해줍니다.

주위 사람들은

분명 그 사람의 미소에서 빛을 볼 것입니다.

지금 슬픔 속에 있는 당신도

언젠가는

분명 빛이 될 것입니다.

　_〈행복을 발견하는 요법의 말〉

저는 야마자키를 실제로 만난 적은 없습니다.

하지만 야마자키가 매일 〈빛나는 아이들〉을 계속 쓰고 있다는 것으로, 병실의 다른 어머니들과 아이들에게 말을 건네는 것으로, 혹은 누군가의 곁에서 조용히 미소를 짓는 것만으로도 병실에 빛을 가져다주고 있다고 생각합니다.

야마자키는 슬픔 속에서 지금까지 보이지 않았던 빛을 보았고, 그리고 그녀 또한 빛을 주는 사람이 되었다고 생각합니다.

〈빛나는 아이들〉에 실린 글 중에는 야마자키 자신이 쓴 글도 있습니다. 그 중에서 제가 가장 감명 깊게 읽은 글을 소개합니다.

카즈키가 병에 걸리고 나서……

입원하고 1개월은 매일 울었습니다.

얼굴은 웃고 있었지만 마음속으로는 울고 있었습니다.

시간이 지나며 안정을 되찾고 감사하는 마음으로
앞을 향해 갈 수 있었습니다.

같은 병동의 엄마들과 서로 격려하면서
반드시 나을 것이라 믿으며
모두가 웃으며 퇴원하기를 기도합니다.

아직 카즈키의 병은 낫지 않았지만
병원생활을 하면서 얻은 것이 너무나 많습니다.

카즈키가 병에 걸리고 나서야 깨달은 것도 있습니다.
마치 소중한 내 아이가 몸으로 가르쳐준 것 같은 기분입니다.

미안해, 카즈키.
둔한 엄마라서.
이런 나를 너의 엄마로 선택해주어서
정말로 고마워.

너를 낳길 정말로 잘했어.

야마자키는 카즈키의 병 때문에 너무도 힘들어했습니다.

하지만 그것을 통해서 여러 가지를 깨닫고 엄마로서, 그리고 한 인간으로서도 더 성장할 수 있었다고 생각합니다.

긴 투병생활로 힘들었지만 카즈키는 현재 백혈병이 완치되었고 건강하게 초등학교에 다니고 있다고 합니다.

엄마인 야마자키는 자신이 겪은 것처럼 백혈병에 걸린 자녀 때문에 고통스러워하고 있는 부모들을 격려하며 백혈병에 관한 여러 가지 정보를 제공하기 위해 〈빛나는 아이들 백혈병·소아암〉이란 홈페이지(http://kodomo.eek.jp)를 만들어 운영하고 있습니다.

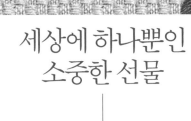

세상에 하나뿐인
소중한 선물

어느 엄마와 아들 이야기

이번에 소개할 이야기는 지인에게 들은 것으로

이야기 형식으로 각색하여 소개합니다.

10살 때의 크리스마스 이브였습니다.

"크리스마스에는 조금 무리를 해서라도 맛있는 걸로 배불리 먹자꾸나."

몇 주 전부터 엄마는 반복하여 말했습니다.

엄마는 식당일로 정신없이 바빴지만 짬을 내어 크리스마스를 나와 함께 보내기로 약속한 것입니다.

드디어 이브 날 오후, 엄마와 나는 크리스마스 선물을 사기 위해 함께 집을 나섰습니다.

나는 어린 시절 교통사고로 왼쪽 발을 사용할 수 없게 되었고 그 때문에 걸을 때에는 항상 목발이 필요했습니다. 어깨를 위아래로 들썩거리며 한쪽 발을 질질 끌면서도 옆을 돌아보면 그곳에는 언제나 엄마의 얼굴이 있었습니다. 그래서 나는 엄마와 함께 걷는 것이 너무 좋았습니다.

두근두근 설레는 내 마음과는 정반대로 그 날 옆에서 바라본 엄마의 얼굴은 여느 때처럼 웃고 있었지만 피곤한 기색이 역력했습니다. 그 하루의 휴일을 얻기 위해 엄마는 어젯밤 늦게까지 야간 근무를 했던 것입니다.

결국 아파트에서 나온 지 얼마 지나지 않아서 일이 일어나고야 말았습니다. 돌아보면 항상 옆에 있어야 할 엄마의 모습이 어느 순간 갑자기 보이지 않는 것이었습니다. 불길한 예감에 급히 뒤를 돌아보니 저 멀리 바닥에 쓰러져 있는 엄마의 모습이 눈에 들어왔습니다.

"엄마!"

엄마의 초점 없는 눈이 나를 찾고 있었습니다.

"엄마 갑자기 왜 이러는 거야? 어디가 아픈 거야?"

엄마는 내 손을 꼭 잡고서 무슨 말인지를 하려고 했지만 그럴 힘조차 없는 것인지 아무 말도 내뱉지 못했습니다. 다행히 지나가던 사람들의 도움으로 얼마 후 구급차가 달려왔고 엄마와 나는 병원으로 옮겨졌습니다.

병원의 대합실에서 나는 어찌할 바를 모른 채 의자에 걸터 앉아 있었습니다. 간호사가 다가오더니 내 옆에 앉았습니다.

"집이 어디니? 아버지에게 연락은 했니?"

"……아버지 없어요. 죽었어요. 교통사고로…….”

"그렇구나. 그럼 다른 가족 중에 연락할 사람은 없니?"

내가 말없이 고개를 흔들자 간호사는 더 이상 말을 걸지 않았습니다. 나는 마음을 굳게 다져먹고 간호사에게 조심스럽게 물었습니다.

"엄마는 어떻게 되는 거예요? 이제 볼 수 없는 거예요?"

간호사는 어머니가 뇌출혈로 쓰러져서 지금 어려운 수술을 하고 있다며 친절하게 설명해 주었습니다.

"그럼 엄마도 죽는 거예요?"

간호사는 몇 번이고 고개를 크게 흔들었습니다.

"그런 일은 일어나지 않아. 그렇게 되지 않도록 지금 수술을 하고 있는 거란다."

수술은 좀처럼 끝나지 않았습니다.

대합실에서 몇 시간을 기다렸을까? 그때 어디선가 희미하게 캐롤송이 들려왔습니다. 그제야 오늘이 무슨 날인지 생각났습니다.

'계획대로라면 지금쯤 신나는 음악을 들으면서 엄마가 만들어 준 맛있는 음식을 먹고 있을 텐데.'

그런 생각이 들자 마음이 울컥해지며 금방이라도 눈물이 터져 나올 것만 같았습니다.

'이 세상에서 엄마와 나만 불행할지도 몰라.'

잠시 그런 생각이 뇌리를 스쳐갔지만 정말로 그렇게 되지 않도록, 그런 생각을 하지 않으려 애써 눈물을 참았습니다.

밤이 되자 대합실 창밖 멀리서 예전에 엄마와 함께 간 적 있는 교회의 불빛이 보이는 것 같아서 멍하니 창밖을 바라보았습니다.

어느 날 교회에서 엄마는 무릎을 꿇고 오랫동안 기도를
했습니다.

"무슨 기도를 하고 있어?"

굳이 묻지 않아도 엄마가 나를 위해서 기도하고 있다는
것을 알고 있었습니다. 엄마는 나를 위해 일하고, 나를 위해
웃고, 나를 위해 화내고, 나를 위해 울어주는 사람이었으니
까요. 그런 엄마에게 나는 아무것도 해주지 못했습니다. 제
멋대로 굴었던 내 자신이 후회되었습니다. 그리고 무엇보다
이렇게 엄마를 잃고 싶지 않았습니다.

그런 생각이 들자 나 스스로도 놀랄 만큼 진실한 마음으
로 기도를 드렸습니다. 10살의 내가 할 수 있었던 일은 그것
밖에 없었습니다.

"산타할아버지, 산타할아버지는 정말 있는 거죠?
산타할아버지는 내가 착한 아이가 되면 선물을 주겠죠.
그렇죠?
산타할아버지, 저 선물 필요 없어요.
더 이상 앞으로 어떤 선물도 필요하지 않아요.

그 대신 엄마를 살려주세요.

저 착한 아이가 될게요.

열심히 노력해서 착한 아이가 될게요.

정말로 정말로 착한 아이가 되겠습니다.

그러니까 엄마를 살려주세요.

부탁드려요. 제발 부탁드려요.

엄마를 살려주세요."

그날로부터 십 수년의 시간이 흘렀습니다.

나는 어느 새 어른이 되어 취직을 했고, 같은 직장의 미소
가 아름다운 여자와 결혼까지 했습니다. 그리고 올해는 우
리들의 첫 아이가 태어났습니다.

"어릴 때 네 모습과 똑 닮았구나."

어머니는 날 닮은 손자 얼굴을 보며 자주 웃으십니다.

평생 크리스마스 선물은 필요 없다고 기도한 그날 이후
정말로 산타할아버지에게 크리스마스 선물을 받는 일은 더
이상 없었습니다.

하지만 나는 그 날의 크리스마스 이후 깨달았습니다. 그
리고 마음 깊이 감사했습니다. 나는 매일매일 선물을 받고
있었다는 것을 깨달았던 것입니다.

사랑하는 사람의 소중한 생명, 그리고 나의 생명.

여태껏 매일 무엇과도 바꿀 수 없는 선물을 받아
왔던 것입니다.

우리들도
매일, 선물을 받고 있습니다.

자신의 생명
그리고 사랑하는 사람들의 생명…….

저도 이 생명을 소중하게 여기며
지금껏 받아온 사랑을 조금이라도 보답해 나가며
살아갈 수 있기를 소원합니다.

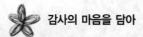 **감사의 마음을 담아**

끝까지 읽어주셔서 진심으로 감사드립니다.

여러분은 어떠셨습니까?

마음을 울린 이야기, 마음에 들었던 이야기가 있었습니까? 있었다면 너무도 기쁘고 고맙습니다.

이 책에 소개된 이야기들은 언젠가 책으로 읽었거나 사람들에게 들은 이야기들이 제 마음속에 남아, 어느 새 저와 함께 인생을 걸어가고 있는 이야기들입니다.

가능하면 출처를 기록하려고 노력했지만 사람들에게 전해들은 이야기들 중에는 출처를 조사하지 못한 것들도 있습니다. 또 꽤 오래 전에 들었던 이야기는 기억이 희미해져 제 안에서 각색된 부분도 있습니다.

이 이야기들은 여러분의 마음에 무언가를 깨닫게 하고 또 무언가를 안겨줄 것입니다.

희망, 용기, 사랑, 기쁨…….

　이런 소중한 것들이 이 책을 읽은 여러분의 마음에 생기고 자라서 여러분의 인생을 보다 멋지게 하는 양식이 되기를 바랍니다.

　이 책 속의 이야기를 소개해 주었던 분들과 이름을 밝힐 수 있도록 허락해 주신 모든 분들에게 진심으로 감사드립니다. 직접 만나보지 않은 사람들이 대부분이지만 그들의 말과 저서에 있는 이야기들은 저에게 많은 것을 가르쳐주고 큰 힘이 되었습니다.

　진심으로 감사드립니다.

　　　　　　　　　　　　　　　　　나카이 토시미

읽는 것만으로도 힘이되는 이야기

힐링 스토리

제1판 1쇄 인쇄 2013. 4. 20
제1판 1쇄 발행 2013. 4. 25

지은이 | 나카이 토시미
옮긴이 | 최윤영

펴낸이 | 우지형
기 획 | 곽동언
펴낸곳 | 나무한그루

주소 | 서울시 마포구 동교동 165-8 엘지팰리스빌딩 727호
전화 | (02)333-9028 팩스 | (02)333-9038
E-mail | namuhanguru@empal.com
출판등록 제313-2004-000156호

ISBN 978-89-91824-42-3 03830

(광명)　　　　　　나무한그루　　　　　12,000 H

힐리스토리 (읽는것만으로도힘이

적　　　　　　0276871-00 13.04.19니카이트